UTAHIME SEIJO

■■■ リオン ■■■
ラグランジェ国の第一王子。
かつて雪中で行き倒れた時に
アリシアの歌声に助けられ、
それ以降ずっと
彼女を探し続けていた。
■■■ アリシア ■■■
親に捨てられた孤児で教会に
育てられた歌姫聖女。
教会の洗脳で、歌以外に
声を使ってはいけないと思い込み、
人との会話を避けている。

CHARACTER
ヴァリス
リオンの異母弟。
歌姫聖女に対する
リオンの想いを知り、
意気揚々とカミラに求婚する。
カミラ
孤児院育ちのお飾り聖女。
教会に迎えられて以降、
アリシアの代わりに
聖女を演じる。自分の美貌と
演技に自信がある。

アリシアは胸の前で指を組んだ。
（せめて、安らぎを）
これまで何度も奏でてきた
歌を口ずさんだ。
死出の道に彩りがあるように、
傷ついた魂と体が
癒されるように祈りながら。

虐げられた歌姫聖女、かつて助けた王子様に溺愛されています

1

木崎優
illust.
春野薫久

口絵・本文イラスト　春野薫久

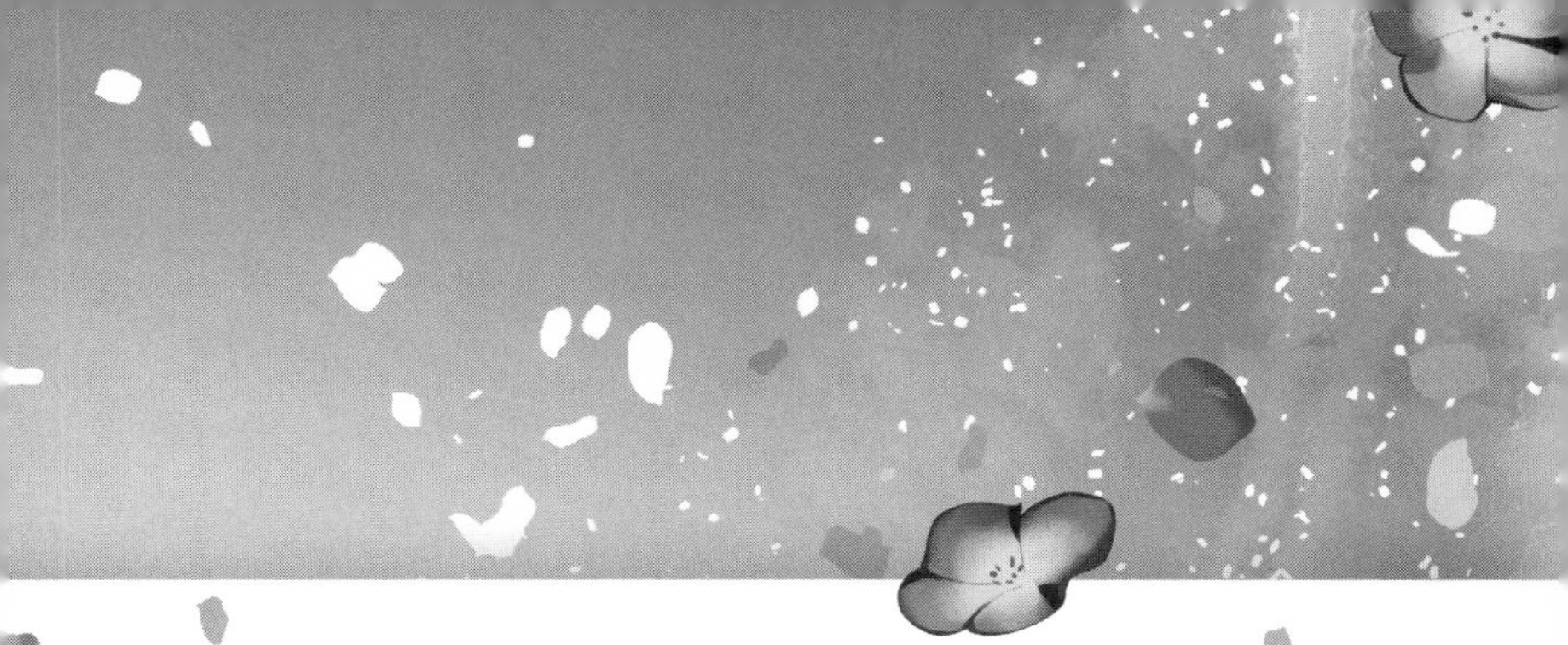

Contents

Kizaki Yu
presents
Illustration by
Haruno Taku

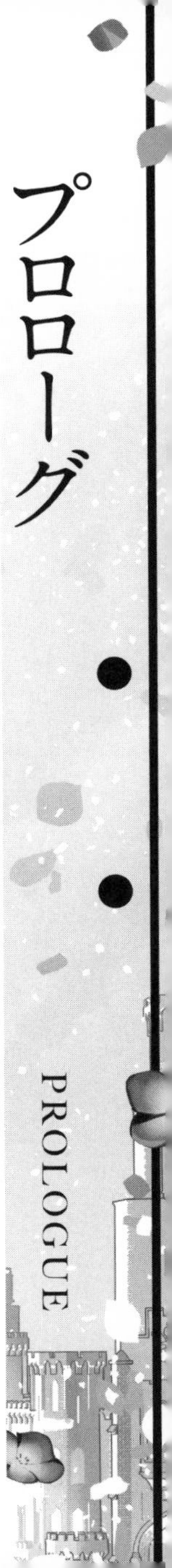

プロローグ

PROLOGUE

蝋燭《ろうそく》ひとつない薄暗《うすぐら》い部屋の中で、高窓から差しこむわずかな光を頼《たよ》りに、小さな手が一ページ一ページ丁寧《ていねい》に絵本をめくる。

そのたびに現れる色鮮《いろあざ》やかな挿絵《さしえ》を金色の瞳《ひとみ》が熱心に追う。そうして最後のページにたどり着くと、また最初から開きなおした。

これまでに何度、同じ動作を繰《く》り返しただろう。ほんの数ページしかない薄《うす》い絵本とはいえ、描《えが》かれた挿絵の細部まで覚えるほど読みこんだ。

それでも熱中し読み続けているのは、ほかに何もないからだ。

部屋の中にあるのは木の板に布を張っただけのベッドと、食事をとるための机と椅子《いす》。

灰色の壁《かべ》に囲まれた部屋の中で、絵本だけが彩《いろど》りを与《あた》えてくれている。

肩《かた》にかかった白い髪《かみ》を払《はら》いながら、また最初から読み返そうとしたところで——。

「アリシア様。散歩の時間です」

ギイと重い音を立てて扉《とびら》が開かれ、女性の声と眩《まばゆ》い光が室内に飛びこんできた。

暗闇《くらやみ》に慣れていた目が眩《くら》み、思わず細めた視界に黒を基調とした修道服をまとう女性の姿が入りこむ。

女性は室内を見回すと、それ以上は何も言わずにドアノブに手をかけた。

もしもこのまま動かずじっとしていたら、女性は構うことなく扉を閉めるだろう。

目が慣れるのを待ってくれないことは、これまでの経験からわかっている。だから慌《あわ》てて立ち上がり――その拍子《ひょうし》に絵本が床《ゆか》に落ちるが、拾う時間すら惜《お》しいと女性のあとを追う。

部屋にあるものと、一日に数十分だけ与えられる外の世界。

どちらかひとつでも欠かすわけにはいかない。

それだけが、薄暗い部屋の主――アリシアの世界のすべてだから。

はあ、と吐《は》いた息が白く変わり、凍《こお》るように冷たい空気が肌《はだ》を突《つ》き刺《さ》す。視界いっぱいに広がる銀景色に、アリシアの頬《ほお》にほんのり赤みが差した。

(きれい……)

空から舞《ま》い落ちる雪が施《ほどこ》した化粧《けしょう》はきらきらと輝《かがや》いていて、見ているだけで心が弾《はず》む。

冬はほかの季節とは違《ちが》い、色も音も少ない。だけどこの光景を見られるのは、今だけだ。

「時間になりましたらお迎《むか》えに上がります」

アリシアを冷たい目で見下ろしていた女性は、そう言うとすぐに扉を閉めた。

こちらの返事を待たないのはいつものことなので、アリシアは気にすることなく白に染まった世界に目を向ける。

薄い服しか着ていないアリシアにとって、冬の寒さは堪《こた》えるものがあるが、気にしている余裕《よゆう》はない。もしも寒いからいやだと不満を漏《も》らせば、冬の散歩がなくなってしまう。

アリシアは一日のほとんどを、殺風景な部屋で過ごしている。だから、一日にほんの数十分だけだとしても、外に出られる散歩の時間はかけがえのないものだった。

雪が降り、白く染まった世界に茶色を覗《のぞ》かせる木々や、靴《くつ》が雪を踏《ふ》む音。肌を突き刺す空気や風すらも、部屋にいては得られない。

一秒だって無駄《むだ》にしないように、雪の中を進んでいく。

そして時折うしろを振《ふ》り返り——くすんだ白い壁の建物を確認《かくにん》する。

同じくくすんだ青い屋根に、元は金色に輝いていたはずの鐘《かね》。散歩のたびに目にすることの建物は教会という名前で、神に祈《いの》るための場所なのだと教えられたことがある。

神の慈悲《じひ》を忘れることがないように。そう何度も言い聞かせられたことが頭をよぎり、アリシアは雪の上に残る足跡《あしあと》に視線を落とした。

（遠くに行かないように気をつけないと）

前に一度、歩くのが楽しくて、決められた時間までに戻《もど》れなかったことがある。

そのときは誰《だれ》かがアリシアを探しに来ることはなく、代わりに犬が放たれた。

何頭もの犬はアリシアを獲物《えもの》と定めたのか、目を血走らせ、牙《きば》を剥《む》いてアリシアを追った。

なんとか逃《に》げ帰《かえ》ったアリシアに向けられたのは、冷ややかなまなざしと、同じぐらい冷たい「約束を守らないからですよ」という言葉。

神の慈悲があるからこそ、アリシアは今もこうして生きている。それなのに簡単な約束すら守れないとは、とアリシアを責め立てた。

もう二度と同じ目に遭《あ》いたくない。その一心で、扉との距離《きょり》を測りながら、雪を踏む。

ざくざくと鳴る雪の音が、静かな世界によく響《ひび》く。音を楽しむように何度も何度も踏み鳴らしていると不意に、ぐにゃりと柔《やわ》らかな感触《かんしょく》が足から伝わってきた。

（冬眠《とうみん》していた動物でも踏んだのかな）

もしもそうだとしたら、大丈夫《だいじょうぶ》だろうか。怪我《けが》を負わせてしまったかもしれないと、おそるおそる雪をかきわける。

白かった雪の中に赤色が混じりはじめ――姿を現したのは、アリシアが思っていたような動物ではなかった。

短く切られた髪に、小さな体。大人しか見たことのないアリシアは、自分とさほど変わらない背丈《せたけ》の子供にぱちくりと目を瞬《まばた》かせて、雪のように白くなりかけている頬をつついた。

だけど、なんの反応も返ってこない。

(これは……)

ぴくりとも動かないことに、アリシアの顔色が変わる。そして雪をよりいっそうかき分けて、服を、手を、足を掘《ほ》り出していく。

白い服に広がる赤色。それが模様ではないことは、掘り起こした雪に混じる赤色が証明していた。

(……死んで……)

いつからここにいたのか、顔だけでなく指先まで白くなっている。

アリシアにとって死は言葉の上だけで、目《ま》の当たりにしたこともなければ、実感したこともない。初めて死を間近に感じたアリシアは、ぎゅうと固く唇《くちびる》を結んだ。

(ごめんなさい……)

そっと、白い頬に触《ふ》れる。雪に濡《ぬ》れて冷え切った肌に、自然と視界が歪《ゆが》む。

もっと早く気づいていれば。雪を踏むのを楽しまずに一直線に来ていたら。これほど雪が降り積もる前に気づけていたら――そんな思いが胸を締《し》めつける。

アリシアが散歩に出てから、まだそこまで時間が経《た》っていない。たとえ一直線に来ていたとしても、結果は変わらなかっただろう。そのことはアリシアも頭の片隅《かたすみ》で理解している。

だからといって、生まれた罪悪感や後悔《こうかい》を消すことはできず、アリシアは胸の前で指を組んだ。

(せめて、安らぎを)

祈りの言葉も、神の御許《みもと》に送るための言葉も知らない。だから代わりに、アリシアはこれまで何度も奏《かな》でてきた歌を口ずさんだ。

死出の道に彩りがあるように、傷ついた魂《たましい》と体が癒《いや》されるように祈りながら。

――歌い終えたところで、遠くからピィと笛が鳴る音が聞こえた。散歩が終わる合図だ。すぐに戻らないと犬が放たれる。もしもあの血走った目をした犬が埋《う》まっている子供を見つけたら、きっと遠慮《えんりょ》なく貪《むさぼ》り、食い散らかすだろう。

それだけは絶対に避《さ》けないといけない。アリシアは慌てて立ち上がると、子供をちらりと見下ろして静かに瞼《まぶた》を閉じた。

（あなたの旅路が、幸せなものでありますように）

心の中でもう一度祈りを捧《ささ》げ、急いで来た道を戻る。

雪の上に横たわる頬に赤みが差していることにも気づかずに。

第一章

CHAPTER ONE

「聖女を我《わ》が妃《きさき》に迎えたい」

その言葉に、教会の管理を任されている司教は、ぱちくりと目を瞬かせた。

司教の前に立つのは、この国——ラグランジェ国の第二王子ヴァリス。

黒炭のように黒い髪に、血のように赤い瞳。整った顔立ちと出で立ちは貴公子と呼ぶにふさわしく、十五歳《さい》とは思えない堂々とした様子で花束を抱《かか》えている。

王子自らの求婚《きゅうこん》。それはとても喜ばしく、名誉《めいよ》なことだ。だが差し出すのが一介《いっかい》の修道女ではなく、たったひとりしかいない聖女であることが、司教の言葉を詰《つ》まらせた。

王子妃を輩出《はいしゅつ》したという実績を得られるのは悪い話ではないが、本当にこの申し出に頷《うなず》いてもいいものかどうか。

司教は悩《なや》み、彼《かれ》の持つ花束に視線を落とした。恋《こい》や愛の言葉を持つ花々はそのすべてが色鮮やかに咲《さ》き誇《ほこ》り、まるで宝石のような輝きを放っている。

そして視線を上げた先には、力強く輝く赤い瞳。彼が本気だということが伝わってきて、司教の喉《のど》が小さく鳴る。

「して司教殿《どの》、聖女はどちらに」

「第二王子殿下《でんか》がおいでになるとは思ってもいなかったもので、聖女カミラ様は休息をとるところでした……そのため、お呼びするのにお時間をいただきますが、よろしいですか」

「かまわん。急に来たのはこちらだからな」

寛容《かんよう》に頷くヴァリスに、ほっと胸をなでおろす。

司教が所属しているリーリア教はかつて、国教に望まれるほどの権威《けんい》を有していた。それなのに今では見る影《かげ》もなく、信徒の数は減る一方で、細々と活動するだけになっている。いや、正確にはなっていたと言うべきだろう。

転機が訪《おとず》れたのは、十数年前。百年近く現れなかった聖女がようやく、与えられた。おかげで少しずつ勢いを取り戻しつつあるが、それでも全盛期《ぜんせいき》には遠く及《およ》ばない。

聖女だけでは足りない。あと一手が、民心を、かつての栄光を取り戻すための一手が必要だった。

そこに降ってわいてきた、第二王子の申し出。

聖女を失うのは惜しいが、これほどの熱意を持った王子が相手なら、損にはならないはずだ。それに彼を足掛《あしが》かりにさらにその上、王に接触《せっしょく》することもできるだろう。

そうなれば、立ち消えてしまった国教という地位を手に入れることも夢ではない。

だからヴァリスの気が変わる前になんとしても聖女に会わせようと――司教は逸《はや》る気持ちを抑《おさ》えずに、礼拝堂のすぐ近くにある部屋の扉を叩《たた》いた。


「このたびは、足を運んでいただきありがとうございます。聖女カミラと申します」

そうしてヴァリスの前に現れたのは、まさしく聖女と呼ぶにふさわしい姿をした少女。

腰《こし》まで伸《の》びる金の髪は眩く輝き、しとやかに伏《ふ》せられた緑色の瞳は新緑を思わせるほど鮮《あざ》やかで、白を基調としたシンプルなドレスに身を包む姿は、聖女どころか天使と評しても過言ではない。

思わず息をするのも忘れて見惚《みと》れるヴァリスに、司教は心の中で拳《こぶし》を高く掲《かか》げる。

司教自ら見出《みいだ》した当教会自慢《じまん》の聖女は、王族の目から見ても遜色《そんしょく》のない美しさだということが、これで証明された。

「あ、ああ。その、すまない。まさかこれほど……いや、幼い頃《ころ》に一度会ったことを覚えているだろうか」

「……申し訳ございません。聖女として子供の頃から方々を回り、大勢の方にお会いしておりましたので……」

「ああいや、いいんだ。オレは君に会ったことを覚えているから、それでいい。……オレは昔、君に助けられたことがある。もしもあのとき助けられなかったら……きっと今頃《いまごろ》、ここにはいなかっただろう」

そう言ってヴァリスは膝《ひざ》をつき、カミラの前に花束を差し出した。

「あの日からずっと、君のことを忘れたことはなかった。死地の中にいるオレに届いた歌は今も覚えている。どうか、オレと結婚《けっこん》してほしい」

熱のこもったまなざしで見上げるヴァリスと、頬を染めるカミラ。

一枚の絵画のような美しい光景に、集まってきた修道女たちの口から自然と感嘆《かんたん》の息が漏れる。そしてカミラは一度だけ大きく瞬きを繰り返すと、ほころぶような笑《え》みを浮《う》かべた。

「あなたがあのときの方なのですね。助かって、本当によかった。こんなに立派になられて……私も……忘れたことはありません」

そっと花束に白い指が添《そ》えられ、一部始終を見守っていた修道女や司祭、そして司教も歓喜《かんき》の声を上げた。

——教会の地下にいる少女を置き去りにして。

◇◇◇

「んん……」

かすかに聞こえてくる慌ただしい物音に、うたた寝《ね》をしていたアリシアはゆっくりと目を開けた。

（どうしたんだろう……何かあったのかな）

枕《まくら》にしていた絵本を抱えながら、天井《てんじょう》を見上げる。だが灰色の天井が答えを与えてくれるはずもなく、アリシアは小さくあくびをしてから、絵本を開いた。

陽が完全に落ちたら、部屋は暗闇に閉ざされる。ただ眠《ねむ》ることしかできなくなる前に、できるだけ絵本を読んでおこうと考えたからだ。

上で何かが起きているのだとしても、アリシアには関係ない。

雪に埋もれていた子供を見つけてから――いやもっと前、物心ついた頃から、代《か》わり映《ば》えのしない生活を送っている。

何度も季節が廻《まわ》り、部屋を訪れる顔ぶれが変わっても、部屋の中にあるものは変わらず、一日に数十分だけ与えられる散歩も変わっていない。

（ああでも、ひとつだけ変わったかな）

数年前から、神に助けを求めに来た客人と共に祈る時間が日課に加わった。だがそれでも、大きな変化とはいえない。

アリシアと客人の間には一枚の壁があり、うっすらとあちらの声が聞こえる程度で、直接顔を合わせることもなければ、言葉を交《か》わすこともなかった。

そして、地下から祈祷室《きとうしつ》に移動している間は周囲をゆっくり眺《なが》めることすら許されず、祈祷室には椅子しか置いていない。

ただ部屋を空ける時間が増えて、祈祷室に向かう道が増えただけ。それ以外は何も変わらず、アリシアの世界は今も昔も狭《せま》く、小さい。

きっとこれからも変わらない。何が起きようと変わることはない。だから、いつもと同じように絵本を開き、一ページ一ページ丁寧にめくって、また最初から読み返す。

そして日が落ちかける頃に食事が運ばれてきて、真っ暗な部屋の中で眠りにつくのだと
——そう思っていた。

「散歩の時間です」

アリシアの予想が外れたのは、四回目の読み直しをしようと絵本を開いてから。ギイと重い音を立てて、扉が開かれた。

扉の向こうから姿を現したのは、年若い修道女。言葉《ことば》遣《づか》いは恭《うやうや》しいが、アリシアを見る

瞳は冷え冷えとしていて、口調は淡々《たんたん》としている。

それ自体はいつもと変わらない。だが明らかに、いつもとは違うことがある。

(今日の散歩はもう終わっているのに……)

幼い頃は夕暮れ時か早朝に散歩の時間が設けられていた。だけど祈祷室に向かうようになってからは、客人の少ない早朝に散歩をするのが常になっている。

それは今日も例外ではなく、太陽が顔を出しはじめた頃、散歩に連れ出された。

(まだ散歩していないって勘違《かんちが》いしているのかな……？)

ぱちくりと目を瞬かせているアリシアに、修道女はくるりと背を向ける。

これ以上話すことはないというようないつもと同じ態度。修道女が扉に手をかけるのを見て、アリシアは慌てて立ち上がった。

どうしてなのかはわからない。ただの勘違いで、あとで叱《しか》られるかもしれない。だけど、もう一度散歩に出してくれるというのなら――かけがえのない時間をもう一度与えてくれるのなら、行かないわけにはいかなかった。

(もしかしたら、さっき騒《さわ》がしかったのと関係あるのかも)

喜ばしいことがあって、気前よく散歩の時間を設けてくれたのかもしれない。それを確かめることはできず、たとえ聞いたとしても答えてはくれないだろう。

だから想像することしかできないが、どんな理由にしてもアリシアにとっては僥倖《ぎょうこう》であることに変わりはない。

おとなしく修道女のあとを追い、螺旋《らせん》階段を上る。燭台《しょくだい》ひとつ飾《かざ》られていない通路は暗く、辺りを照らすのは修道女が持つランタンだけ。

揺《ゆ》らめく灯《あか》りは修道女の背に遮《さえぎ》られ、そのうしろを歩くアリシアの足元には届いていない。アリシアは子供の頃からずっとそうしていたように、壁に手を当てて転ばないように気をつけながら一歩一歩慎重《しんちょう》に足を進める。

「こちらにどうぞ」

そうして階段を上りきり、少し離《はな》れたところにある素っ気ない木造りの扉が開かれた。

ふわりと風が舞いこみ、アリシアの髪を揺らす。

誘《さそ》われるように扉をくぐり、冷たい部屋の中とは違う緑の香りを感じて深く息を吸う。

温かく、爽《さわ》やかな空気を堪能《たんのう》していると、アリシアのすぐ後ろで扉が閉められる。

（あれ……？）

そこでまた、いつもとは違うことが起きた。

昔から、散歩の時間はアリシアひとりだった。同じ時間や空間を共用したくないとばかりに修道女たちはすぐに建物の中に戻る。終了《しゅうりょう》を知らせる笛の音が鳴るまでは誰も出てくることはなく、声をかけてくることもなかった。

それなのにアリシアをここまで連れてきた修道女は外にいて、扉の前に立っている。

アリシアを見ている瞳はいつもと変わらないのに、何かが違う。だけどその理由がわからず、アリシアはとまどいながらも修道女から視線を外した。

できるだけ機嫌《きげん》を損《そこ》ねないように——この気まぐれとしか思えない散歩の時間が終わらないように、抱《だ》いた感情が表に出ないように平静を装《よそお》いながら、アリシアはぐるりと辺りを見回した。

少しだけ湿《しめ》った土の上では草花が色づき、少し離れた場所に立ち並ぶ木々は風に揺れ。そのすべてを傾《かたむ》きはじめた太陽が照らし、染めている。

代り映えのしない灰色の部屋の中とは違い、外は日ごと姿を変えた。ほんの数時間しか経っていないはずなのに、早朝とはまるで違った景色を見せてくれている。

いくら見ても見飽《みあ》きない風景を堪能しながら、一歩、二歩と、アリシアは歩き出す。

冬とは違う足音が聞こえてくる。体を包む温かな空気も冬にはないものだ。

そして木々が茂《しげ》る森の手前までくると、大きな樹《き》の幹に手を添えた。こうして硬《かた》い壁以外の感触を感じられるのも、温かな季節の醍醐味《だいごみ》だ。

冬はほかの季節にはない音や広がる銀景色を綺麗《きれい》だと思うことはできても、それ以外のことはできない。だから、あまり好きな季節ではなかった。

（それに……）

アリシアはかつて雪の中から見つけたものを思い出して、ぶるりと体を震《ふる》わせた。

もう少し早く見つけていたらと何度思っただろう。ひとりで旅立つしかなかった子供のことを考えるだけで、アリシアの胸にぽっかりと穴が空く。

アリシアには思い出らしい思い出がほとんどない。だから間に合わなかった死は、忘れたくても忘れられない思い出として、今も色濃《いろこ》く記憶《きおく》に残っていた。

脳裏《のうり》に浮かんだ光景を消すために、ぎゅっと瞼を閉じる。少しだけ冷たくなった風に耳を傾けていると、不意にさくりと地面を踏む音が響いた。

いつもならば、動物が近くまで来たのだろうかと考えて、気にも留《と》めなかっただろう。だけど何故《なぜ》だか胸騒《むなさわ》ぎがして、アリシアはゆっくりと目を開けた。

そして視界に映ったのは、わずかに歪んだアリシアの影。太陽の光を浴びて樹に映し出された影が、先ほどまでとは明らかに変わっている。

嫌《いや》な予感がして、心臓が早鐘《はやがね》を打つ。おそるおそる振り返った先に見えた鈍《にぶ》く輝く銀色に、アリシアはとっさに身を翻《ひるがえ》し——腕《うで》に鋭《するど》い痛みが走った。

「どうして」

心底驚《おどろ》いたように声を漏らしたのは、アリシアではない。

アリシアの前に立つ修道女が、信じられないとばかりに目を見開いている。その手には、銀色に輝くナイフ。

切っ先がわずかに赤くなっていることに、アリシアは痛む腕を押《お》さえながら顔を歪めた。

「どうして避けるのですか？　苦しみのない最期《さいご》を与えてあげようと思いましたのに」

緩《ゆる》く首を傾《かし》げながら呟《つぶや》く修道女に、アリシアは何も返せずただ呆然《ぼうぜん》と立ち尽《つ》くす。

修道女の目も表情も、いつもと変わらない。淡々としていて、冷たくて、かつてアリシアを追った犬のように血走ったりもしていない。

怒《いか》りも憎《にく》しみも抱いていないはずなのに、命を奪《うば》おうとする切っ先だけがアリシアに向いている。

（どうして……）

いつもと変わらない日のはずだった。いつもよりも少し騒がしくて、いつもと違う散歩の時間があって——いつもとは違うことがいくつもあったけど、それでも何も変わらないと思っていた。これまでがそうであったように。

「ご安心ください。神は喜んでくださるはずです。あなたが我々のために命を散らすのだから……最期まで役に立ったことをきっと褒《ほ》めてくださるはずです。ですから安心して——

――」

死んでください、と修道女の唇が動く。そして浮かんだ、いびつな笑み。

正しいことをしていると信じきった恍惚《こうこつ》とした表情に、アリシアの背筋に冷たいものが走る。

逃げなければと思うのに、体が動かない。

呼吸が荒《あら》くなり、心臓もばくばくとうるさく鳴っている。

何がなんだかわからない。どうしてこうなっているのかもわからない。

アリシアにわかるのは、修道女が本気だということだけ。

(私、死ぬの……?)

死の恐怖《きょうふ》に怯《おび》えたのは、犬に追われた一度きり。アリシアが約束を破らずにいれば、いつもと変わらない日々が続くと思っていた。

それなのに、どうして。自分が何をしたのか。いつもと変わらないはずだったのに。痛い。怖《こわ》い。助けて。恐怖と混乱でごちゃまぜになった頭の中をいくつもの言葉が駆《か》け巡《めぐ》る。

(まだ、まだ、死にたくない。誰か――誰に、助けを求めればいいの)

助けを求めようにも、この場にはアリシアと修道女しかいない。救いの手を差し伸べてくれる人の心当たりもない。

教会に逃げこみ助けを求めたとしても、アリシアの味方をしてくれる人はいないだろう。修道女は我々と言っていた。それはつまり、彼女《かのじょ》の行動は教会にいる人たちの総意ということだ。

（お願い、助けて……神様……！）

誰の顔も浮《う》かばない頭の中に唯一《ゆいいつ》浮かんだのは、これまで何度も祈りを捧げた相手。

救いを、助けを求めて紡《つむ》がれたのは——悲鳴にも似た歌。

「ですから恐《おそ》れることは——っ」

その瞬間《しゅんかん》、今にもナイフを振り上げようとしてた修道女の顔が歪んだ。苦痛に満ちた嗚《お》咽《えつ》が彼女の口から漏れ、手からナイフがこぼれ落ちる。

地面から響く軽い音に、アリシアは目の前に広がる森に飛びこむ。考えての結果ではない。ただ少しでも修道女から、教会から離れたい一心だった。

何が起きたのかを考える余裕もなければ、大きく脈打つ鼓動《こどう》や呼吸を落ち着ける暇《ひま》すらない。今はとにかく、ここから逃げることだけを考える。

「お、お待ちください！」

慌てたような声が後ろから聞こえたが、アリシアは振り返らなかった。

少しでも足を止めれば、ナイフの餌食《えじき》になってしまう。自由気ままに伸びた木の枝が頬をかすめても、足元に広がる草に足を取られかけても、緩めることなく必死に足を動かした。

だけど、いくら走っても背後に迫《せま》る気配は消えなかった。それどころか、どんどん距離が縮まっているような気がしてならない。

息が苦しい。喉が焼けるように熱い。足がもつれ、倒《たお》れたくなる。

アリシアは弱音が浮かぶたびに立ち止まりかける自分を叱咤《しった》し、無理やりにでも体を動かした。

ここで足を止めることは許されない。すぐ近くから、草を踏み、かき分ける音が聞こえる。

気を緩めれば、すぐに捕《つか》まってしまう。

死にたくない。終わりたくない。まだ生きていたい。

その一心で足を進め――。

（あっ……）

せり出た木の根に足が引っかかり、ぐらりと体が傾ぐ。

アリシアはこれまで、走ったことがほとんどない。狭い部屋で一日の大部分を過ごし、散歩のときも遠くに行かないように注意していた。全力で走ったのなんて犬に追いかけられたときぐらいで、しかも幼い子供の頃の話だ。

だからどんなに必死になろうと、懸命《けんめい》になろうと、限界がくるのは当然だった。

倒れてはいけないと頭ではわかっているのに、体が言うことを聞かない。

鉛《なまり》のように重くなった体が地面に倒れる。それでも諦《あきら》めず這《は》ってでも逃げようとしたアリシアの髪が、強い力で引っ張られた。

「アリシア様。ご安心ください。苦しめようとは思っておりませんので、どうぞ安らかにお眠りください」

すぐ近くから声が聞こえ、髪にかかる力が緩む。アリシアは泣きたくなるのを押さえて力いっぱい体をひねり、後ろを振り返った。

視界に映る銀色にまた助けを求め、祈ろうとして――押しつぶされそうな重みが喉にのしかかる。

「いけません。声を発してはいけないと、何度も教えたはずですよ」

酸素を求めて何度も口を開閉し、だけどいくら待っても息苦しさから解放されず、アリシアの顔に怯えがにじむ。

そんなアリシアを見ても、修道女の表情に焦《あせ》りはない。ただ淡々と、アリシアの命を奪うためにナイフを構え直している。

狙《ねら》いを定めるように、狙いを外さないように。ゆっくりと。

「っ……！」

だけどそれが振り下ろされるよりも早く、何かがナイフを弾《はじ》き飛ばす。

修道女は手を押さえて立ち上がるとアリシアをちらりと見下ろし、顔に苦々しいものを浮かばせた。

一瞬《いっしゅん》だけ修道女の目がナイフに向く。だけどそれを拾うことはせず、その場から逃げるように、何かが飛んできたのとは逆の方に向かって草をかき分けて離れていく。

「捕《と》らえろ」

続いて聞こえたのは、低い声。冷たく厳しいが、修道女のものではないそれに、アリシアは重い頭をゆっくりと動かした。

「もう大丈夫だよ」

かすんだ視界の中に優《やさ》しい声が響く。そして柔らかく温かな何かに抱えられ、声と同じぐらい優しい薄水色の瞳が見えた瞬間、アリシアは張りつめていた糸が切れたように意識を失った。

『あなたの声には魔《ま》が宿っております』

言い聞かせるように、たしなめるように、同じ言葉を繰り返し聞かされた。

年若い修道女から、老齢の修道女から。話し手は変わっても内容は変わらなかった。

『あなたの声は、人の心を乱し惑《まど》わせます』

だから赤子の頃に捨てられたのだと、修道女たちは口をそろえて言った。

感情のまま声を発すれば、災《わざわ》いが訪れるだろうと、物心ついた頃から——もしかしたら、物心つく前から。

『魔性《ましょう》を抱くあなたがこの世に生を受け、生きていられるのは神の慈悲があってこそ』

だから神に対する感謝の気持ちを忘れてはいけない。神に救いを求める者と共に祈り、彼らの願いが神に届くように尽力《じんりょく》しなければならない。

心からの祈りであれば、魔を退けることもできるから。敬虔《けいけん》であり続ければ、内に宿る魔を払うこともできるだろう。そう何度も何度も繰り返し、教えられてきた。

一度だって、彼女たちの言葉を忘れたことはなかった。ずっと、心に刻んできた。

声を出さないように気をつけて、どんなときでも声が漏れないように固く口を閉ざした。

(もちろん、わかってる)

アリシアが頷くと、老齢の女性は満足そうに頷き返し——その顔が歪み、消えていく。

代わりに現れたのは、ナイフを持った修道女。その顔は苦痛に歪んでいる。

アリシアの歌のせいだとどこからともなく声が聞こえ、同時に暗闇の中に数人の女性の姿が浮かんだ。

老齢の女性もいれば、年若い女性もいる。そのすべてが修道服をまとい、アリシアを指さして責め立てる。

どうして己《おのれ》のために歌ったのか。人のために祈ることが大切だと、わかっていたのではないのか。彼女に苦痛を与えたのはアリシアなのだと――。

(私は、そんなつもりじゃ……ただ、ただ……)

助けてほしかっただけなのだと訴《うった》える声は、音になることはなく、暗い闇《やみ》の中に泡《あわ》のように消えていく。


「――っ!」

がばりと勢いよく起き上がったアリシアは、ばくばくと鳴る胸を押さえ、乱れた呼吸を整えながら額に浮かぶ汗《あせ》を拭《ぬぐ》う。

今見ていたのが夢であることに安堵《あんど》の息を漏らすと、アリシアはここがどこなのかと周囲を見回した。

(たぶん、死んではいないよね)

心臓は強く脈打ち、拭った汗も触れた肌もいつもと同じで、違和感《いわかん》はない。

だけど体を包みこむような柔らかな感覚は、いつもと違う。

視界の端《はし》で白いカーテンが揺れているのに気づきそちらを見ると、窓の向こうに昼と夜の境が曖昧《あいまい》になった空が広がっていた。

そして窓の近くには机と棚《たな》。そのどちらにも繊細《せんさい》な模様が刻まれていて、埃《ほこり》ひとつ見当たらない。

(ここは……どこだろう)

間違《まちが》いなく、アリシアがいた地下の部屋ではない。広さも、置いてある家具も――いやそもそも、家具らしい家具があること自体、あの部屋とは違う。

「大丈夫?」

不意に声が聞こえ、アリシアの体がぴくりと震える。とっさに手元にあった毛布を握《にぎ》り、だけどすぐに手放した。

(何、これ)

柔らかく、なめらかで、ふわふわしていて、温かい。もう一度握りしめると、先ほどと同じ手触《てざわ》りを感じて、思わず揉《も》んでしまう。

「驚かせてしまった……でいいのかな?」

どこか苦笑《くしょう》するような声が聞こえて、アリシアはぎゅっと毛布を握りながら声がしたほうに目を向けた。

ベッドの傍《かたわ》らに置かれた椅子《いす》の上に、穏《おだ》やかな笑みを浮かべている青年が座《すわ》っている。

（誰、だろう？）

年《とし》の頃は二十代後半ぐらい。長く伸びた淡《あわ》い金髪《きんぱつ》を肩《かた》のあたりでひとつに結んでいる。

そして優しげに微笑《ほほえ》む口元と柔らかく細められた薄水色《うすみずいろ》の瞳《ひとみ》に、アリシアは小さく首を傾げた。

「私はマティアス。マティアス・クロヴィス……この家の主だよ。傷は深くはなかったけど、ゆっくり休める場所のほうがいいと思って、ここまで連れてきたんだ」

その名前に聞き覚えはない。

（だけど、どこかで見たことがあるような……）

アリシアのそばにいたのは修道女――女性ばかりだったが、司祭と呼ばれていた男性を数人ほど、祈祷室に向かう道中で見かけたことがある。

だけどマティアスと名乗った青年はその誰とも似ていない。容姿だけでなく、まとう雰囲気もどこか違《ちが》う。

ならいったいどこで見たことがあるのか。

「あー、と、怪《あや》しい者ではないから安心してほしい。いや、君からしてみたら得体のしれない相手かもしれないけど、こう見えても私は公爵《こうしゃく》でね。我が家《や》でよからぬことを企《たくら》みはしないから、大丈夫だよ」

アリシアのとまどいを不安と受け取ったのか、マティアスの口元に苦笑が浮かぶ。

(こう、しゃく……?)

それがどういう意味かはわからないが、彼が発した最後の一言には聞き覚えがあった。

記憶を探《さぐ》り思い出したのは、気を失う寸前の光景。聞こえた声と、柔らかく温かな薄水色の瞳。

初めて会う人なのに、何故《なぜ》かもう大丈夫なのだと安心できた。

(私を……助けてくれたんだ)

救いを求めることができなかった。助けて、と声に出すこともできなかった。

それなのに見ず知らずのアリシアを救い、柔らかなベッドの上に寝かせてくれて、目覚めるまでそばにいてくれた。

アリシアは泣きたくなるような温かさを感じて、そっと笑みを浮かべかけ——。

「君の名前を聞いてもいいかな?」

すぐに、マティアスの問いかけによって凍《こお》りついた。

アリシアと名乗るのは簡単だ。声を出すのを恐れさえしなければ。

だけどそれができないのは、これまでずっと言い聞かせられてきた教えと苦痛に歪んだ修道女の顔が頭から離れないからだ。

感情の赴《おもむ》くままに声を発してはいけないと教えられた。

あのとき感じた恐怖も苦痛もまだ色濃く残っている。今ここで声を発すれば、修道女が感じたような痛みをマティアスに与《あた》えてしまうかもしれない。

どうしても名乗ることができず、アリシアは視線を手元に落とした。

「まあ、名前は今すぐでなくても構わないよ。だから、そうだな……君が襲《おそ》われた理由に心当たりはあるかい？」

これにも返す言葉はない。どうして修道女がアリシアを襲ったのか、いつもと変わらないはずの日々がどうして壊《こわ》れたのか。いつもと何が違ったのかすら、アリシアにはわからない。

「……すまない。辛いことを聞いてしまったね。……行く当てはあるかな？　もしも頼《たよ》れる場所があるのなら、送ろうと思うのだが……」

うつむきながら小さく首を振《ふ》ると、柔《やわ》らかく優しい声が聞こえてきた。視線を上げると、柔らかく微笑み、慈《いつく》しむようにアリシアを見ている薄水色の瞳と視線がかち合う。

気遣《きづか》ってくれているのだとわかり、アリシアは感謝しながら、ふるりと頭を横に振る。

物心ついた頃からずっと教会の地下にいたアリシアには、行く当ても帰る場所もない。

唯一《ゆいいつ》知っている教会に戻《もど》ったところで、また同じことが起きるだけだ。

「そうか。……ご両親は？」

これにも同じように首を振る。両親の顔どころか、名前も声も知らない。

赤子の頃に捨てられたアリシアのそばにいたのは、修道女だけだった。

「……なら、君さえよければ、私の子供になるというのはどうだろうか」

突拍子《とっぴょうし》もない提案に、アリシアはぱちくりと目を瞬《まばた》かせた。子供にというのはどういうことなのかと首を傾げる。

言葉のままなのか、あるいはもっと別の意味があるのか。

「私はそれなりに王家からの覚えもいいから、後ろ盾《うしろだて》にするには十分だと思うよ。君の身に何が起きたのかを詳《くわ》しくは知らないけど……手を出しにくい立場を手に入れるのは、君にとっても悪くないはずだ」

どうやら言葉のとおり、アリシアを子供に望んでいるようだ。

だけどそれはマティアスがアリシアの親になる、ということでもある。親というものがよくわからないアリシアにとって、その関係は想像するのも難しい。

アリシアが困惑《こんわく》し、悩んでいると、マティアスの口元に苦笑がこぼれた。

「もちろん、無理《むり》強《じ》いするつもりはない。子供になるのはちょっと、と思うのなら断ってくれて構わないよ。それでも、放り出すことはせず、丁重《ていちょう》に扱《あつか》うと約束しよう。養子と同じように、とはいかないかもしれないが……」

こちらを見つめる薄水色の瞳は温かく、顔つきは真剣《しんけん》そのもので、冗談《じょうだん》や嘘《うそ》を言っているようには見えない。

優しく微笑むマティアスを見ているだけで、先ほど感じたのと同じ温かさが胸に広がる。

（わるい人、ではなさそう）

善人であると断言することはできないが、悪くなさそうというだけで、今のアリシアには十分だ。

それに頼れる相手もいなければ、行きたいところもない。

唯一知っている教会に戻ることもできない。ならば、誰《だれ》かの子供になるのもいいのかもしれない。そう思って、アリシアはゆっくり頷いた。

「そうか、ならよかった……じゃあ君は今日から――いや、正式には書類が受理されたらになるけど、私の娘《むすめ》ということで、よろしく頼《たの》むよ」

大きな手が差し出される。アリシアのものとも修道女のものとも違うそれにそっと手を合わせると、自分のものとは違う体温を感じて、アリシアの顔に自然と笑みがこぼれた。

「じゃあ、あとは……年齢《ねんれい》かな。何歳《なんさい》ぐらいかはわかるかい？」

その問いかけに、アリシアは知らないと首を振る。

これまで一度も生まれた日を祝われることはなく、今年で何歳になったのだと教えられることもなかった。

十三回ほど季節が廻ったのは覚えているが、記憶にもないぐらい小さな頃を含《ふく》めるといったいどのぐらいになるのか。見当もつかない。

「そうか、なら……十五歳《さい》はどうかな？」

わからない、と首を傾ける。

「十六歳は？」

これにも同じように。

「じゃあいっそのこと十歳ぐらいはどうだろう」

何がどう、いっそのことなのかはわからないが、さすがにそれはないと首を振る。

それからも何度か上がったり下がったりを繰《く》り返したあと、マティアスは顎《あご》に手を当て、悩《なや》むようにしてから「じゃあ十六歳ということで」と微笑んだ。

アリシアにとって年齢に意味はない。年を重ねたからといって何かが変わることはなく、過ごす時間も環境《かんきょう》も、同じことの繰り返しだったからだ。

こうして年齢を聞かれている今も、関心も興味もわかない。だがマティアスがそれでいいと言うのなら、と頷《うなず》き返したところで、コンコンとノックの音が部屋に飛びこんできた。

「失礼いたします」

扉《とびら》の向こうから現れたのは、燕尾服《えんびふく》を着た老年の男性。彼《かれ》は丁寧《ていねい》に一礼すると、眉間《みけん》に皺《しわ》を刻んだ。

しかめられた顔はマティアスに向いている。それにマティアスも気づいたのだろう。苦笑し、肩をすくめた。

「彼はアルフ。屋敷《やしき》の管理を任せている執事長《しつじちょう》でね……どうやら何かあったようだ。すまないが、少し席を外すよ。身の回りの世話をしてくれる者をひとりつけるから、ゆっくり休んでいておくれ」

申し訳なさそうに言うマティアスに、アリシアは大丈夫《だいじょうぶ》だと頷いて返す。

そうして、繊細な彫刻《ちょうこく》が施《ほどこ》された扉が静かに閉まるのをじっと見つめたあと、アリシアは改めて部屋の中を見回した。

大きなベッドに、ふかふかの絨毯《じゅうたん》が敷《し》かれた床《ゆか》。天井から下がっている照明は大きく、調度品はつややかで傷ひとつない。

（絵本に出てきたお部屋みたい）

小さな頃からずっとそばにあった絵本。その中に描《えが》かれていた挿絵《さしえ》を思い出しながら感嘆の息をこぼしていると、扉が叩かれた。

間をおいて入ってきたのは、紺色《こんいろ》の仕着せを着た女性。彼女は銀色のワゴンを押しながらベッドの脇《わき》まで来ると、恭しく腰を折り、頭を下げた。

「お世話を仰《おお》せつかりましたローナと申します。お疲《つか》れとお聞きしましたので、お茶をお持ちいたしました。どうぞお召《め》し上がりくださいませ」

そう言うと、女性はワゴンから組み立て式の机を引っ張り出し、手慣れた様子でベッドの上に広げはじめた。その一連の流れにアリシアはぎょっと目を見開き、慌《あわ》てて首を振る。

毛布もベッドもなめらかな手触りで、あまり知識のないアリシアにも上質なものだとわかる。もしも汚《よご》してしまったらいったいどうなるのか。想像するだけで恐ろしい。

「どうかされましたか？」

少し離れたところにある机を指差すと、ローナは「かしこまりました」と頷き、机を片付けてワゴンを移動させた。

アリシアもベッドから降りて、ソファに腰《こし》を下ろし――想像もしていなかった感触《かんしょく》に体を震わせる。

沈《しず》みこみそうに柔らかく、だけどたしかな弾力《だんりょく》を感じさせる矛盾《むじゅん》した座り心地《ごこち》。下手に動けばバランスを崩《くず》して転げ落ちてしまいそうで、アリシアは身動きもできずに固まった。

「お口に合うとよろしいのですが」

そんなアリシアの前に、綺麗な焼き色をしたクッキーと、ほのかに甘《あま》い匂《にお》いを漂《ただよ》わせる紅茶が置かれる。

(これを私に……？)

教会での食事は質素なものだった。

固いパンに、野菜と肉をくたくたに煮込《にこ》んだスープの残りだけ。細かな肉片《にくへん》が入っていればいいほうで、たいていの場合は何も入っていなかった。

(本当に、食べていいのかな)

目の前に置かれたのだから、食べていいはずだ。だけどどうしても不安が拭えず、アリシアはちらりとローナの様子をうかがった。

ぴんと伸《の》びた背筋に固く引き結ばれた唇《くちびる》。じっとアリシアを見ている目は急《せ》かすことなく、ただ静かに待ってくれている。

意を決して紅茶をひと口含み、これまで味わったことのない風味にアリシアはぱちぱちと目を瞬かせた。

上品な香りと、優しい甘さの中に混じる心地《ここち》よい渋《しぶ》みが舌の上に広がっていく。喉《のど》を通りすぎる温《ぬく》もりが体の芯《しん》まで温めてくれているようで、ごくりともう一度味わうように飲んでから、今度はクッキーに手を伸ばす。

こちらも予想していた以上の感動をアリシアに与えた。サクリと軽い食感と甘くほろ苦い、濃厚《のうこう》な風味。

こんなに美味《おい》しいものを食べるのは初めてで、アリシアは感じていた不安も忘れてあっという間に一枚食べ終わると、二枚目を手に取った。

「お気《き》に召していただけたようで、何よりです」

お気に召すなんてものじゃない。この感動を言葉にして伝えられないことがもどかしい。感謝の気持ちが伝わるように何度も頷《うなず》いて笑《え》みを浮《う》かべると、ローナの瞳にわずかなとまどいが生まれ、だけどすぐに口元に柔らかな微笑《びしょう》が刻まれた。

おそらくは、どこの誰とも知れないアリシアを警戒《けいかい》していたのだろう。それが今は和《やわ》らぎ、心なしか物腰《ものごし》も柔らかくなっているような気がする。

穏やかな空気が満ちる中、あっという間に空になった食器をローナが下げていく。

そして最後の一枚であるソーサーをワゴンの上に置こうとした瞬間、彼女の手からするりと落ちた。

「あ」

ローナの小さな呟きをかき消すように、ガチャンと大きな音が響《ひび》く。幸い、絨毯のおかげで割れてはいないが、ワゴンの端に当たってしまったのかひびが入っている。

「大変な粗相《そそう》を働いてしまい、申し訳ございません」

大きな音やひびの入ったソーサーよりも、深く頭を下げるローナに驚いて、アリシアは慌てて首を振る。

大丈夫だと伝えるために必死で笑ってみるが、それでもローナの顔に宿る暗い影《かげ》はなくならない。

どうすれば、また先ほどのように笑ってもらえるのか。何も気にしていないし詫《わ》びる必要はないのだと、どうすれば伝わるのか。

必死に考えて――出てきたのは、これまで何度も繰り返してきたこと。

アリシアにできるのは、祈《いの》り、歌うことだけ。

（でも……どうしよう）

ためらってしまうのは、マティアスに名前を告げられなかったのと同じ理由。

美味しい食事を与えてくれた彼女に、苦痛を味わわせてしまうのではないか。そんな不安に、アリシアはじっとローナを見上げる。

きっちりと整えられた髪《かみ》に、皺もほつれもない服と生真面目《きまじめ》そうな顔つき。それは先ほどまでと変わっていない。だけど温かくアリシアを見ていたハシバミ色の瞳が、今は申し訳なさそうに伏《ふ》せられている。

（……きっと、大丈夫）

不安をかき消すように、ぐっと手を握りしめる。アリシアは言葉を発することを禁じられていたが、感謝と祈りをこめて歌うことだけは許されていた。

決められた部屋で、修道女の許可があれば、という条件付きではあったが。

許しを与える修道女も祈りを捧《ささ》げていた部屋もここにはないが、許されていたということは、その歌だけは惑わせることもかき乱すこともないはず。

だから大丈夫だと信じてゆっくりソファから降りると、ローナの瞳に焦りが生まれた。

「細かな破片《はへん》が落ちているかもしれないので――」

慌てたように言う彼女の手をそっと握る。少しでも安心してほしくて。申し訳なく思うことはないのだと伝わるように。

（あなたに、幸あらんことを）

感謝の歌を紡いだ。

◇◇◇

「まったくあなたは、何を考えているんですか」

さほど大きくはないが、はっきりとした責める声に、マティアスは苦笑を浮かべた。

マティアスの隣《となり》を歩くのは、クロヴィス邸《てい》で働く執事長アルフ。彼は先代の頃《ころ》からクロヴィス邸で働いており、マティアスを幼少から知る人物のひとりでもあった。

そんな彼は今、呆《あき》れたような目をマティアスに向けている。

「養子を迎《むか》えるだなんて……まさか隠《かく》し子ではありませんよね？」

「私の年齢を考えてくれるかな。……いや、ありえるのか？」

マティアスは今年で二十八になる。養子にすると決めた少女の年齢は定かではないが、容姿や体格を考えると、十六かそこらだろう。

十二歳で子供を作るのはあまりにも早熟だが、不可能ではない。自分自身のことなので絶対にないと断言できるが、ほかの人からすればありえる話なのではないだろうか。

そんなことを神妙《しんみょう》な顔つきで考えていると、アルフがため息を落とした。

「いえ、隠し子でなかったとしても、どこの誰とも知れない女性を養子にするとは……もしもここにご当主様と奥方様《おくがたさま》がおられたらなんとおっしゃるか」

マティアスの両親が事故に遭《あ》い亡《な》くなったのは、十三年前。

すぐにマティアスがクロヴィス家を継《つ》いだので、短くない時間をクロヴィス家当主として過ごしているのだが、それでもアルフにとっては先代当主は長年仕えてきた主。

現当主であるマティアスに敬意を払《はら》い、誠心誠意仕えてはいるが、それはそれ、これはこれというものなのだろう。今のように、ふとした拍子《ひょうし》に引き合いに出すことがあった。

「間違いなく怒《おこ》るだろうね。だけど死人に口なしと言うし、こうなってしまったのだからしかたないだろう」

マティアスはそう言いながらも、養子にすると決めた少女を見つけたときのことを思い返して、内心で苦笑する。

(私自身、養子を迎えることになるとは思っていなかったけど)

マティアスはあのとき、ヴァリスを追って教会に向かっている最中だった。聖女を妃《きさき》に迎えると言って飛び出した彼の暴挙を止めるために。

聖女を崇《あが》め、象徴《しょうちょう》としているリーリア教に聖女が現れたという話は数年前から貴族の間でも話題になっていて、マティアスも何度も耳にした。

曰《いわ》く、医者ですら匙《さじ》を投げた病人を救っただの。

曰く、もう動かないはずの足が動くようになっただの。

さすがに失われた腕が戻ったとか、死した者が生き返ったという話はなかったが、それでも病人やけが人を治したという話を聞けば、一度ぐらい会ってみたいと思うのが人のさがというものだろう。

それでも貴族のほとんどは、表立って動こうとはしていなかった。

リーリア教が権威《けんい》を振るっていたのは、百年以上も前のこと。その頃は聖女が引退すれば数年も間を置かずに次の聖女が現れ、例外なくリーリア教に所属した。

祈りを捧げるだけで枯《か》れた地に実りをよみがえらせたり、遠くで起きた災害をまるでその目で見たかのように語ったり。代ごとに聖女の持つ力は変わったが、そのどれもが頼るには十分すぎた。

聖女は献身的《けんしんてき》に働いてくれたが、それとは裏腹にリーリア教は聖女の威光《いこう》を笠《かさ》に着るようになった。

金をせびり、聖女を遣《つか》わせる地を献金《けんきん》によって選び、立場を利用して横暴にふるまう者まで現れる始末。

そして百年ほど前の聖女を最後に次代の聖女が現れることはなく、次第《しだい》にリーリア教は神に見放されたのだと囁《ささや》かれるようになった。

かつては民を助けられるようにという志で、いたるところに教会が建てられていたが、その大部分はもう残っていない。民の怒りによって壊されたものもあれば、維持《いじ》できなくなって放棄《ほうき》されたものまである。

そして今では各地に古びた聖堂と小ぢんまりとした教会が点々と建つだけで、立派な建物を構えているのは山中にある大聖堂だけ。

そんな落ちぶれた相手に——たとえ聖女が本物だろうと——頼るのは、聖女の力がなくても国を、領地を運営していけると証明してきた貴族のプライドが許しはしなかった。

だから聖女を頼りに教会を訪ねるのは、もはや縋《すが》るものがそれしかない没落《ぼつらく》寸前の貴族や、平民だけに収まっていた。

それなのに、ヴァリスは貴族のプライドなど知らないとばかりに城を飛び出した。

王家が聖女を——リーリア教に所属している女性を迎えれば、実情はどうあれリーリア教の活動を認めたと捉《とら》えられるだろう。

政治的にも私情的にも、ヴァリスが聖女を妃にするのを看過することはできず、マティアス自ら教会に向かうことになり——そうしてあと少しといったところで、かすかに音が聞こえた。続いて感じたのは、頭と胸が締《し》めつけられるような痛み。

教会の近くには森しかなく、音を発生させるものもなければ、痛みを与えてくるようなものもない。

だがひとつだけ、心当たりがあった。その予想が合っているのか、合っているのだとしたら何が起きているのか。

それを調べるために森に入り見つけたのは、白い髪を乱し、金色の瞳に恐怖と怯えをにじませた少女と、ナイフを持った修道女。

もしも護身用に短剣《たんけん》を持ち歩いていなかったら、見つけるのに手間どっていたら、最悪の事態に陥《おちい》っていただろう。

だが幸い間に合い、修道女を捕らえることもできた。

(聞こえた音と、修道女……そして、あの痛み……)

捕らえた修道女は口を割らなかったが、すべてを繋《つな》ぎ合わせれば、少女が何者であるかはおのずと見えてくる。

どうして修道女が襲っていたのかはわからないが、捨て置くというのはもちろん、教会に連れて行くこともできない。

だからマティアスは悩んだ末にヴァリスのことはひとまず横に置いて、彼女を自宅に連れて帰った。それが、自らが選べる最善だと考えて。

「未婚《みこん》で、しかも妙齢の女性を養子などと……いったいどんな噂《うわさ》を立てられることか」

ぶつぶつと苦言を漏《も》らしているアルフに、マティアスはため息を落としてから鋭《するど》い目を向ける。

養子という名目で愛人をそばに置くことが一昔前には流行《はや》っていたそうだから、彼が危《き》惧《ぐ》していることもわからないわけではない。

だがすべて理解した上で彼女を養子にすると決めたのは、マティアス自身だ。

「亡き両親に敬意を払ってくれているのは構わないし、ありがたいと思ってはいるよ。だけど……今の当主は私だ。私が養子を迎えると決めたのだから、君はただ養子縁組《えんぐみ》の書類を差し出すだけでいい」

「屋敷にそのようなものはございません」

「なら用意してくれるかい？」

「……かしこまりました」

ありがとうとマティアスが微笑むと、アルフの顔に複雑なものが浮かぶ。

アルフがいまだに亡き両親を敬っていてくれるのは、マティアスにとってもありがたいことだ。その息子《むすこ》である自分に小言を垂れることはあっても裏切ることはないと信用できるし、マティアスも両親への敬意を忘れずにいられる。

だが、今回ばかりは余計な口出しをされたくはなかった。

公爵家当主――先代王妃《おうひ》の弟であり、第一王子の後見であるマティアスが養子を迎えると知られたら、何か裏があるのではと考える者も出てくるだろう。そしてあの少女の素性《すじょう》に気づき、横やりを入れてくる者が現れるかもしれない。

（下手に邪魔《じゃま》されたら面倒《めんどう》だからな）

予想が正しければ、迅速《じんそく》に進めなければいけない。どうせいつかは探られることになるとは思うが、養子縁組さえ成立してしまえば、どうとでもなる。

（それに……まずは心身共に落ち着かせるべきだろうし）

警戒し、不安そうに揺《ゆ》れていた金色の瞳。そして固く閉ざされた唇。

あのとき聞いた音が彼女《かのじょ》のものだとしたら、声を発せないわけではないはずだ。

それなのに何も話そうとしなかったのは、辛い目に遭い、心に深く傷を負ったからだろう。

だから、ここには害になるものはないのだと、安心して過ごせる場所なのだとわかってもらうためにも、しばらくはそっとしておいたほうがいい。

そう考えて、マティアスはアルフに目を向ける。

「それで……殿下《でんか》が来ているんだよね。彼は今どこに？」

第一王子リオン。彼が来ていると聞いたのは、邸宅《ていたく》に戻ってすぐだった。相手が王子であることを思えば、すぐに対応すべき事柄《ことがら》だ。

だけどそうしなかったのは、彼がマティアスの甥《おい》で、これまでにも幾度《いくど》となくクロヴィス邸に遊びに来ていたからだ。

今回訪ねてきた理由も察しがついたので、マティアスは助けた少女を休ませることを優先させた。

「旦那様《だんなさま》がいつ戻られるか定かではなかったため、いつもお泊《とま》りになられている客室にご案内しております」

クロヴィス邸には客人用の部屋が並ぶ一角がある。リオンが使うのはその中でも一番端にある部屋。行き交《か》う人も多くないので、静かに過ごせるからと気に入っていた。

「なら、問題はないか」

落ちた呟《つぶや》きにアルフが怪訝《けげん》そうに眉《まゆ》をひそめる。何がどう問題ないのかと問うような視線を向けられたが、詳しく話すつもりはなかった。

（会わせるにしても、落ち着いてからのほうがいいだろう）

そう結論付けると、マティアスはリオンがいる部屋に向かおうとして――歌が聞こえた。

◇◇◇

アリシアがゆっくりと口を閉ざすと、部屋の中がしんと静まり返った。

（……伝わったかな）

ちらりとローナの様子をうかがう。彼女は瞬きすら忘れてしまったかのように目を見開き、身じろぎひとつしないで立ち尽《つ》くしている。

アリシアが歌にこめた感謝の気持ちが通じたとは到底《とうてい》思えない。

何も言わず、ただこちらを見下ろしているだけのローナに、アリシアはぎゅっと唇を固く結び、視線を落とした。

修道女のように苦しんでいるようには見えないが、それでも動けなくなるほどの何かを感じさせてしまったのだろう。

（どうして、大丈夫だなんて思っちゃったんだろう）

祈りに来た人が壁《かべ》一枚隔《へだ》てた向こうに――かすかではあるが声が聞こえる距離《きより》にいるのに、歌っていいと許されていた。

神に感謝し、救いを求める者の祈りが神に届くように祈りを――歌を捧げなさいと言われていた。

だから、大丈夫だと思ってしまった。感謝のためなら、苦痛を与えることも、惑わせることもないのだと思ってしまった。

（ごめんなさい……）

大丈夫だと、むしろ嬉《うれ》しかったのだと伝えたかっただけなのに、何が駄目《だめ》だったのだろう。祈祷室《きとうしつ》ではなかったからか。許可を出していた修道女がいなかったからか。

それとも、神という漠然《ばくぜん》とした存在ではなく、目の前にいる人のために歌ったからか。

いくつも浮かび上がる可能性にアリシアが消沈《しょうちん》していると、ノックの音が聞こえ、一拍《いっぱく》置いてからガチャリと扉が開かれた。

「――だ、旦那様！　どうかされましたか？」

はっと我に返ったようにローナが声を上げる。その声に反応してアリシアが顔を上げると、こちらの様子をうかがう薄水色の瞳と視線がかち合った。

「いや……今の歌、は君が？」

マティアスはなんでもないというように頭を振ると、部屋に入ってきてアリシアを見下ろした。

薄水色の瞳にまっすぐに捉えられ、アリシアの視線が手元に落ちる。

彼の耳にも歌が届いていたのなら、何かしら影響《えいきょう》を与えてしまったのだろう。

親切にしてくれて、子供にと望んでくれたのに、仇《あだ》で返すような真似《まね》をしたことが申し訳なくて、アリシアは小さく頷いた。

「……そうか」

ぽつりと呟きを落とし、苦笑にも似た笑みを浮かべるマティアス。そこに咎《とが》めるような気配は感じられない。

「やはり、君が聖女だという私の見立ては間違っていなかったか」

それどころか聖女とまで言うマティアスに、アリシアはきょとんと首を傾《かし》げた。

（せい、じょ？　聖女って、たぶん……神様と、同じようなものだよね）

その言葉は教会で何度か耳にしたことがある。祈りを捧げに来た人がたまに「聖女」に感謝し、祈っていた。

それが自分のことなのだと言われても、ぴんとこない。聖女は祈る対象――神と同列の何かなのではないのか。少なくとも、アリシアはずっとそういう存在だと思っていた。

「……そう呼ばれたことはないのかな？」

アリシアが不思議そうな顔をしていると、マティアスの眉間に皺が刻まれる。

聖女という言葉がアリシアに向いたことはない。アリシアはずっと、アリシアとだけ呼ばれていた。

「なるほど……なら、聖女について話すとしよう」

頷くと、マティアスはアリシアの横に腰を下ろし、まっすぐにアリシアを見つめた。

これから長い話をするから、よく聞くようにと言うように。

「聖女というのは――」

だが、その話が続くことはなかった。

「マティアス！　今のは……！」

勢いよく開かれた扉と、そこから現れた青年に、中断せざるを得なかったからだ。

マティアスがため息を落としながら青年のほうを向くのに合わせて、アリシアもそちらを見る。

光の束を集めたかのような金色の髪に、血のように赤い瞳。マティアスよりも若く見える青年は、マティアスとアリシア、そしてそばに控《ひか》えているローナを見てさっと顔を赤らめた。

「す、すまない……マティアスだけかと……レディーの部屋だと知っていたら、無理やり立ち入ろうなどは……」

「たとえ私だけでも、ノックもなく入るのはいかがなものかと思いますよ」

青年は苦言を漏らすマティアスをちらりと睨《にら》んでから、ソファの近くまで来ると赤い瞳をアリシアに向けた。

どこかそわそわしながら視線をさまよわせる青年に、アリシアは瞬きを繰り返しながら首を傾げる。

（見覚えがあるような……ないような……）

金色の髪は珍《めずら》しいものではない。修道女にも何人か金髪の人がいた。だけどその誰とも似ていない。

そして赤色の瞳を見るのはこれが初めてのはずなのに、どうして見覚えがあるのか。気を失う寸前に見た、ということもないはずだ。記憶《きおく》にあるのは、薄水色の瞳だけ。

ううんと記憶の底をさらうが、やはり赤い瞳を持つ人は見たことがない。

「その……先ほどのは、君が……？」

何故か決意したように聞かれ、アリシアは少し悩んでから頷いた。

（この人にも、聞こえていたんだ）

ローナは苦しそうにはしていなかったが、青年も同じだとは限らない。

何しろ、彼は必死な形相で部屋に駆《か》けこんできた。

注意するためか、叱《しか》るためか、罰《ばっ》するためか。いずれにしても、無理やり立ち入ってしまうほどの衝撃《しょうげき》を彼に与えてしまったに違いない。

アリシアがうつむき肩《かた》を落とすと、青年は目に見えるほどわたわたと慌てだした。

「いや、その、つまり、あまり聞き慣れないもので……いや、聞いたことはあるのだが、そうではなく……つまり、俺《おれ》が言いたいのは――」

「殿下。とりあえず自己紹介《しょうかい》からはじめるべきではないでしょうか」

「あ、ああ」

まとまらない言葉を発していた青年は、マティアスに促《うなが》されるとさっと居住まいを正し、真剣な表情でアリシアに向き直った。

「俺はラグランジェ国第一王子リオン。是非《ぜひ》お見知りおきを」

先ほどまでの慌てぶりが嘘のような笑みを浮かべて優雅《ゆうが》に一礼するリオンに、アリシアはこくりと頷いて――終わった。

落ちる沈黙《ちんもく》にリオンの口元がわずかに歪《ゆが》み、困惑がにじんだ赤色の瞳《ひとみ》がアリシアに向けられた。

「その、よければ君の名前を教えてもらえないだろうか」

だがアリシアは答えることができず、またもや静寂《せいじゃく》が訪《おとず》れる。

なんともいえない空気が部屋を支配し、リオンの顔がぱっと勢いよくマティアスのほうに向いた。揺れる赤い瞳はこれからどうすればいいのかと問いかけているようで、アリシアも思わずマティアスを見る。

ふたりの視線を一身に受けたマティアスは苦笑《くしょう》を浮かべながら、こほんと咳払《せきばら》いをひとつ落とした。

「……彼女は事情があり話すことができないので、ご了承《りようしよう》を」

「そうか、わかった」

それで納得《なっとく》したらしい。リオンは頷くと、これといって悩む様子もなくローナに「紙とペンを」と指示を出した。そうして差し出された紙に、黙々《もくもく》と何かを書き連ねていく。

何を書いているのかはわからないが、おそらくは重要なことなのだろう。とても真剣な顔をしている。

(にぎやかな人だなぁ)

アリシアの知る王子は、絵本に出てくる王子だけ。

しかも絵本の王子が話すシーンは少なく、優雅なふるまいと重要な言葉が書かれているだけだった。そもそも、あまり長い話ではなかったというのもあるのかもしれないが。

だけど実際の王子であるリオンは、絵本の王子とはまったく違《ちが》って見える。

勢いよく扉を開けたり、ころころ顔色を変えたり、助けを求めたり。紙の上の王子とは違う血の通った人間であることがよくわかる。

「文字は読めるだろうか。もし読めるのであれば、君の名前を教えてほしい」

そんなことをぼんやりと考えていたアリシアの前に紙が差し出された。そこにはいくつもの記号が書かれている。

絵本にも同じ記号が記されていたので、それが文字であることはすぐにわかった。

そしてアリシアが知っている単語はほんのわずかだけど、幸い自分の名前は知っている。

絵本の主人公と同じ名前なのだと、教えられたことがあるからだ。同じ名前で、同じように声に魔《ま》を宿していると聞かされた。

頭の中に浮かぶ声と顔を振り払うように頭を振り、ゆっくりと紙の上に指を滑《すべ》らせる。

「ア、リ、シ、ア……そうか、アリシア……アリシアというのか……ようやく、知ることができた」

そして最後の一文字を示すと、真剣な顔で指先を追っていたリオンが感慨深《かんがいぶか》げに呟いた。

「……アリシアと呼んでもいいだろうか」

おそるおそる聞いてくるリオンに頷き返す。その途端《とたん》、彼の口元が緩《ゆる》やかにほころんだ。

先ほどまでの整った笑みとは違う柔らかな微笑は、心の底から嬉しそうで、アリシアはとまどいながら眉根《まゆね》を寄せた。

（会ったことないと、思うんだけど……）

リオンはようやく知ることができたと言っていた。初対面の相手にそんなことを言うはずがない。だけど、アリシアの記憶の中にリオンの姿は見つからない。

「君にずっと、お礼が言いたかった」

そんなアリシアの疑問に答えるようにリオンが跪《ひざまず》く。彼の赤色の瞳はアリシアに向いていて、彼の言葉もアリシアに向けたものだ。

ほかの誰かに、なんて勘違《かんちが》いできないぐらいはっきりと、アリシアだけを見ている。

「俺を助けてくれて――見つけてくれて、ありがとう」

心当たりは、ない。

誰かを助けた覚えもなければ、見つけた覚えもない。アリシアはずっと、教会の地下で暮らしていた。

(……勘違いじゃないかな)

あるいは、別の誰かと間違《まちが》えているのか。あまりにもまっすぐな感謝の言葉にアリシアは居心地《いごこち》の悪さを感じて、視線をさまよわせる。

だけどリオンは確信を持っているようで、アリシアをじっと見つめてから、瞳を宙に向けた。まるでどこか遠く――遠い過去を見るように。

「雪の降る日だった。……降り積もる雪に、俺は自らの死期を悟《さと》っていた。そんなときに、君の声が……歌が聞こえたんだ」

懐《なつ》かしむような声色《こわいろ》に、アリシアの頭にも情景が浮かぶ。幼い頃に見た、銀景色が。

雪の降る日。降り積もった雪の中。たしかに見つけたものがあった。赤く染まった服に、血の気が失《う》せた白い顔。そして、雪で濡《ぬ》れた金色の髪。

「優《やさ》しく、温かく……まるで包みこまれているようなあの感覚は今も覚えている」

片時も忘れることはなかった。何度も早く気づいていればと悔《く》やみ、助けられなかったことに胸を痛めた。

「先ほど聞こえた歌は……あのとき聞いたものと同じだった。君の歌は、再現したくてもできなかった。だから、確信して言える」

遠くを見つめていたリオンの瞳がアリシアに向く。あの日に見た、赤く染まった雪のような、それでいて燃《も》え盛《さか》る炎《ほのお》のような赤い瞳。

固く閉ざされた瞼《まぶた》の下にはきっと、目の前にあるのと同じ色の瞳があったのだろう。濡れた金の髪も、乾《かわ》けば目の前の金色と変わらない色合いを見せたに違いない。

(生きて、いたんだ)

あの日よりも大きくなったリオンの姿に、胸の奥が締めつけられる。苦しいわけではない。どうしようもなく泣きたくなるような温もりが胸に広がっていく。

「ありがとうアリシア。……君の歌声は、俺を救ってくれた」

向けられる深い感謝に、目頭《めがしら》が熱くなる。だが心の赴《おもむ》くまま泣くことはできない。もし

も嗚咽《おえつ》が漏れれば、彼らの心をかき乱す。

（生きていてくれて、ありがとう）

だからアリシアは涙《なみだ》を流す代わりに、必死に微笑《ほほえ》んだ。

湧《わ》き上がる喜びが伝わることを祈って。

◆◆◆

『歌が聞こえた』

ヴァリスにそう語ったのは、四つ上の兄。

秘密だよと言って教えてくれた兄の顔を思い出しながら、ヴァリスは揺れる馬車の中で正面に座《すわ》る少女を見る。

聖女カミラ。その称号《しょうごう》がふさわしいと思えるほどの美貌《びぼう》を持つ少女。教会で結婚《けっこん》を申しこんだときには緩んでいた顔が、今はこわばり、ぎゅっと体を固くさせている。

「緊張《きんちょう》しているのか？」

「ええ……まさかこんな日がくるとは思ってもいなかったので……みなさま歓迎《かんげい》してくださるとよろしいのですが……」

そっと目を伏せて心配そうに言うカミラに、ヴァリスの顔に笑みが浮かぶ。

ヴァリスの兄リオンは生まれながらに王になる存在だった。そんな兄を慕《した》っていた時期もあった。

だが成長するにつれ、その思いは歪んだ。どうして同じ王の子なのに、自身は王になれないのかと。四年早く生まれただけで、亡くなった王妃の子だったからというだけで、競《きそ》うことすらせず、兄が王になるのかと不満を抱《だ》いてしまった。

「……案ずるな。誰《だれ》が何を言おうと、君を妃に迎えると決めたのはオレだ。何があろうと、君を守る。傷ひとつつけないと約束しよう」

「ヴァリス様……」

頬《ほお》を染めるカミラに、ヴァリスはこれまでにない高揚感《こうようかん》を覚えた。

今代聖女は歌を使うのだと知ったときに頭に浮かんだのは、ヴァリスがまだリオンを慕っていた頃に聞いた話。

リオンはその昔、命を落としかけたことがあったのだと――そして、死の淵《ふち》にいるときに歌が聞こえ、目覚めたのだと、教えてくれた。

「君に救われたあのときから、オレは君のために生きると決めたんだ」

生まれながらに王になることが決まっていて、誰からも愛されていたリオン。

ヴァリスには持っていないものをいくつも持っている兄。王の信頼《しんらい》も、民からの親愛も、自分ではなく兄に注がれている。

ならば——彼《かれ》を救った女性ぐらい、自分のものにしてもいいのではないか。

これまで抱いていた不満が仄暗《ほのぐら》い思いとして湧き上がり、ヴァリスを衝《つ》き動かした。

「美しい君には傷ひとつ負わせないと約束しよう」

そっと手を取り、細い指先に口づけを落とす。

白くなめらかな肌《はだ》に、金糸のような髪。そして新緑を思わせる穏《おだ》やかな瞳。この美しい女性がリオンではなく、自分のものになるのだと思うと——ヴァリスの胸に湧き上がるのは、抑《おさ》えきれないほどの歓喜《かんき》。

兄を出し抜《ぬ》けたという思いが、彼の胸を高鳴らせた。

——それが思《おも》い違いであることにも気づかずに。

第二章

CHAPTER TWO

浴槽《よくそう》が中央に置かれた部屋の中で、アリシアは温かいお湯に体を沈《しず》めながら、大きく息をつく。

吐《は》き出された息はたちこめる湯気に紛《まぎ》れ、どこに向かったのかもわからない。

（そういえば、聖女の話ってなんだったんだろう）

結局、マティアスの話を聞くことはできず、雪の日に見つけた少年――リオンが生きていたことを知ったところで、あの場はお開きになった。

マティアスが積もる話はまたあとにしようと言ったからだ。そうしてアリシアは勧《すす》められるがまま、風呂《ふろ》に入ることになったのだが――。

「痛みはございませんか？」

頭のほうから聞こえてきた声に、アリシアは慌《あわ》てて何度も頷《うなず》き返す。

アリシアにとっての風呂は、ひとりで体を拭《ぬぐ》うことだった。もちろん、浴槽なんてない。

だからローナが風呂場《ふろば》まで付き添《そ》って来ようとしたときには、ぶんぶんと全力で首を振り、ひとりで大丈夫《だいじょうぶ》だと訴《うった》えた。

だけど有無《うむ》を言わさず風呂場に連れて行かれ、有無を言わさずに洗われた。

アリシアの言いたいことが通じなかった、ということはない。客人にひとりで湯浴《ゆあ》みさせるのは侍女《じじょ》の名折れであると言って、聞き入れられなかっただけだ。

(手伝ってもらえてよかった、とは思うけど……)

湯舟《ゆぶね》の外に出ているのは、髪だけではない。白い包帯が巻かれた腕《うで》も放り出されている。手当してくれたのだと気づいたのは、服を脱《ぬ》いでからだった。もしもローナがいなかったら、今頃《いまごろ》は包帯を濡らしてもいいのかと悩《なや》んでいただろう。

そうは思っても羞恥心《しゅうちしん》が消えるわけもなく、アリシアはそわそわと視線を動かしてから、体の力を抜いた。

(……気持ちいいから、もうなんでもいいや)

アリシアを丁寧《ていねい》に洗い上げて湯舟に浸《つ》けたローナは今、湯舟の外に垂れた髪に何やら塗《ぬ》りこんでいる最中。さすがにここまできたら、諦《あきら》めるしかない。

それに体を包むお湯は温かくて、このまま眠《ねむ》りたくなるぐらい心地《ここち》よい。

ふわあ、と小さなあくびを漏らしながら、アリシアはされるがままを受け入れた。

浴槽から出たアリシアは、そのまま着替《きが》えもローナに手伝ってもらうことになった。

アリシアが元々着ていた服ではなく、代わりに用意されていた青いワンピースドレスに袖《そで》を通す。

背中のリボンを結び終えたローナがそっと離《はな》れると、アリシアはまじまじと大きな鏡を覗《のぞ》きこんだ。

繊細《せんさい》なデザインのレースと、細部を飾《かざ》るフリル。スカートの縁には刺繍《ししゅう》まで入っている。

鏡の中にいる自分が自分ではないような気がしてくるりとその場で回ってみると、裾《すそ》がふわりと柔《やわ》らかく広がった。

(お姫様《ひめさま》みたい)

思わず抱いた感想に、ぱちくりと目を瞬《まばた》かせる。

白い髪も金色の瞳もこれまでと同じで、何も変わっていない。それなのに、自分のことをお姫様のようだと思う日がくるとは、これまで一度も想像したことがなかった。

違和感《いわかん》とでもいえばいいのか、表現しがたい感覚にとまどっていると、ローナがそっと頭を下げた。

「まもなく夕食時ですので、食堂までご案内いたします」

こくりと頷いてローナのあとをついていく。そうして通されたのは、大きなテーブルが置かれた部屋。

テーブルには白いテーブルクロスがかけられ、周りを六つの椅子《いす》が囲んでいる。

そのうちの五つは空席で、扉《とびら》の正面——部屋の一番奥にある椅子には、マティアスが穏やかな笑《え》みを浮《う》かべて座っていた。

「ゆっくり……はできなかったかもしれないけど、少しは休めたかい？」

そう言いながら座るように促すマティアスに、アリシアは頷きながら彼の斜《なな》め横に腰《こし》を下ろした。

そしてマティアスの視線が今度はローナに向けられる。それだけで彼が言いたいことがわかったようで、ローナは深く頭を下げてから静かに部屋を出ていった。

「それならよかった。できればゆっくりしてもらいたいところなのだけど……いろいろこみ入っていてね。それに、話もまだ途中《とちゅう》だっただろう」

邪魔が入ってしまったからね、と苦笑混じりに言うと、マティアスはそのまま話を続けた。

「ちなみに……君は聖女について、知っていることはあるかい？」

何をして、何ができるのか。何も知らない。

聖女と呼ばれる存在があるらしい。そのぐらいの認識《にんしき》しかアリシアにはない。

悩ましそうに眉をひそめるアリシアを見て、マティアスの顔に複雑な笑みが浮かぶ。

「その感じだと、あまり知らないようだね。ならば、どこから話そうか。……そうだな、聖女というのはね、神の寵愛《ちょうあい》を受けていて、神のため、人のために祈《いの》り……その祈りは神に届き、奇跡《きせき》を起こすと言われているんだよ。そして、リーリア教――君がいた教会の象徴でもある」

マティアスはアリシアを聖女と呼んだが、彼の語る聖女はアリシアとはまったく違う。アリシアに神のため、人のためだなんて崇高《すうこう》な思いはなく、ただ歌っていただけだ。

(それに、寵愛……?)

アリシアが神から受けたのは愛ではなく、慈悲《じひ》だった。神の慈悲があるからこそ生きているのだと、修道女たちは語っていた。

「百年前の聖女を最後に、新しい聖女が確認《かくにん》されることはなかった。だけど数年前に……聖女が現れたという噂が流れはじめたんだ。リーリア教で奇跡が起きた、という風にね」

この話もアリシアには当てはまらない。

寵愛もなければ、奇跡もない。崇高な思いを抱いたこともない。歌い、祈り、神の慈悲に感謝するだけの生活を送っていた。

(どうしてそんな凄《すご》い人が、私になるんだろう)

ふとアリシアの頭に浮かんだのは、助けられたというリオンの言葉。

彼が生きていたことが嬉しくて、深くは考えず追及《ついきゅう》もしなかったが、よくよく考えるとおかしな話だ。

アリシアはリオンに何もしていない。ただ雪に埋《う》まっているのを見つけただけ。

しかも、リオンの話からすると、まだ息があったのに死んでいると勘違いして、その場に置いて帰った。

それなのにどうしてか、リオンはアリシアに助けられたと思っている。

もしかしたら、マティアスも彼の話を聞いて、アリシアを聖女だと思ってしまったのかもしれない。

「どうして先に食事をはじめようとしているんだ」

そう結論付けたところで、ワゴンを運んできたローナと――リオンが部屋に入ってきた。

先ほどもそうだが、今回も脈絡なく現れたリオンにアリシアの目が丸くなる。

「腹を空かせた子供を放っておくわけにはいかないでしょう」

「俺は腹を空《す》かせてないとでも？」

リオンは少しだけ怒《おこ》っているような、すねているような顔でそう言うと、アリシアの正面に座った。

じっとアリシアを見つめる赤い瞳に、居心地の悪さを感じる。

なんとなく気まずさを抱いたアリシアは少しだけ視線を落とし――その視線の先に、湯気の立つスープが置かれた。

「それに聖女について話すのなら、俺がいたほうがいいだろう」

続いてサラダにパン。大きく切られた肉の塊《かたまり》。これまで見たことのない料理が次々と机の上に並んでいく。

「俺はずっと、もう一度会いたいと……どうにか手がかりを得られないかと、探し続けた。聖女に関する文献《ぶんけん》を読み漁《あさ》ったこともある。だから俺以上の適任はいないはずだ」

「それに付き合わされていた私も十分適任だと思いますが……わかりました。それではお任せします、と言いたいところですが、まずは食事にしましょう。せっかくの料理が冷めてしまいます」

肉の塊が切り分けられ、それぞれの皿に載せられる。目の前に出された温かな食事を前にして、アリシアは本当に自分が食べてもいいのだろうかと視線をさまよわせた。

匂《にお》いだけで食欲をそそるスープに、みずみずしいサラダ。そして白く柔らかそうなパンと、こんがり焼かれた肉。

並んだカトラリーの数々はぴかぴかに磨《みが》かれ、天井《てんじょう》から吊《つ》るされた照明の光を受けて、淡《あわ》く輝《かがや》いている。

どれもこれも馴染《なじ》みのないものばかりでアリシアがうろたえていると、マティアスがローナを呼び寄せ、小声で指示を出した。

何を言ったのかは、そのあとの彼女の行動ですぐにわかった。アリシアの皿に載った肉をより小さく――ひと口サイズに切ってくれたからだ。

「とりあえず、今日は面倒な作法はないものとして……アリシアも無理にとは言わないから、食べられるだけ食べるといい。もちろん、遠慮《えんりょ》はいらないよ。むしろ私のためにも食べてくれると助かる。我《わ》が子《こ》を飢《う》えさせるような甲斐性《かいしょう》なしだとは思われたくないからね」

「……我が子？」

優しく微笑むマティアスにアリシアが頷いて返し、スープに口をつけたところで、リオンが聞き捨てならないとばかりに声をあげた。

問い詰《つ》めるような鋭い目つきと、眉間《みけん》に刻まれた皺《しわ》。怪訝そうなリオンの表情に、アリシアはどうしたのだろうと首を傾げる。

「アリシアを私の養女にするつもりですので、我が子と称してもおかしくはないと思いますよ」

「養子に……？　本気で言っているのか？」

「冗談《じょうだん》で言うほど耄碌《もうろく》した覚えはありません」

マティアスがなんてことのないように言っていたので、誰かの子供になるのはよくあることなのだと思っていた。

だけど、ふたりのやり取りからするとそうではなかったようだ。

(遠慮したほうがよかったのかな……)

すでに受け入れてしまったが、今からでも撤回《てっかい》したほうがいいのだろうか。

苦笑しているマティアスと訝《いぶか》しげに眉間に皺を刻んでいるリオンのふたりに、どうすればいいのかわからずしゅんと肩を落としながら、パンをちぎって口に運ぶ。

予想していたとおりに柔らかく、だけど予想外の優しい甘《あま》さが噛《か》みしめるたびに広がり、アリシアは思わず目を見開いた。

(おいしい……)

心の中で感嘆《かんたん》の声を漏らしながら、次はどれを食べようと視線を巡《めぐ》らせる。

ふたりの様子を考えると、食事を続けるべきではないのだろう。だけどアリシアが今日食べたのは朝食と、クッキーだけ。クッキーはともかく、朝食はいつもと同じ具のないスープと固いパンで、味も薄《うす》かった。

そして疲《つか》れ切った体にスープのほどよい塩気がしみわたり、ぐうと鳴る腹が次の食事を心待ちにしている。

ほかのはどんな味がするのか、どんなに美味《おい》しいのかという好奇心《こうきしん》が、アリシアの手を止めさせてくれない。

「だが……リーリア教が黙《だま》っていないのではないのか」

「何があったのかは知りませんが、あちらは彼女が必要なくなったようです」

「……ほかの貴族はどうするつもりだ。聖女を養子にしたと知られたら、腹に何か隠《かく》していると思われるかもしれんぞ」

「もちろん、承知しております。探《さぐ》られて困る腹はしていませんし、彼女がほかの者の手に渡《わた》ることを考えたら、私の養子にするのが最良だと判断しました」

「そうか……考えがあるのなら、それでいい」

アリシアはふたりの会話を聞きながら、はてと首を傾げる。

（養子にするのが問題なんじゃなくて……私が問題、という話……なのかな）

会話の中に出てくる聖女は間違いなくアリシアのことだろう。

そして会話の端々《はしばし》から感じるのは、マティアスがアリシアを養子に望んだのは、純粋《じゅんすい》な好意からではなく、聖女だったからということ。

（……理由があるのなら、そっちのほうがいいかも）

完全な善意からではなかったとしても、優しくしてもらえたことは変わらない。

温かなお湯やおいしい食事、これらすべてが無償《むしょう》の奉仕《ほうし》だったら、何も返せないことに申し訳なくなっていただろう。だから、何かしら思惑《おもわく》があるほうがアリシアも安心できる。

――本当に、アリシアが聖女だったら。

（でも、私は聖女ではないから……）

アリシアは内心で呟き、ちらりとふたりの顔色をうかがう。聖女ではないと言ったら、彼らはどうするのか。

養子の話が消えるのは問題ないが、放り出されたら、行く当てのないアリシアはそのまま路頭《ろとう》に迷うだろう。その先でどうなるのかは――考えるまでもない。

そこらで飢え死《じ》にするか、不慮《ふりょ》の事故か何かで動けない傷を負い、そのまま死に絶えるだけだろう。

（……だけど黙っているわけにもいかないから……ちゃんと伝えないと）

問題は、どうやって伝えるか。言葉を発することはできない。

身振《みぶ》り手振《てぶ》りで正確に伝えるにはどうすればいいのだろう。首を振《ふ》るか、頷くか、それとも別の動きをすればいいのか。

どうすれば、自分が聖女ではないと――奇跡とはほど遠い、人を惑わせる声を持っているだけなのだと伝えることができるのか。

うんうんと悩んでいると、リオンがどうかしたのかと問いかけるようなまなざしを向けてきた。

これにもどう答えるべきか悩み、アリシアはぎゅうと眉間に皺を寄せ、わずかに首を振ったり、視線をさまよわせたりしたあと、あいまいな笑みを浮かべた。

伝える手段がひとつも浮かばなかったからだ。

「不安……いや、困惑《こんわく》……もしや、自分が聖女だという自覚がないのか」

リオンの言葉に、アリシアはぎょっと目を見開いた。

今のわずかな所作だけで伝わったことに驚《おどろ》きが隠せず、ぱちぱちと大きく瞬きを繰《く》り返していると、リオンの赤い瞳に真剣《しんけん》な光が灯《とも》る。

「アリシア……君は間違いなく、聖女だ」

確信を持った声で言いきられ、アリシアは反射的にぶんぶんと頭を振った。そんな高尚《こうしよう》な存在ではないのだと伝わるように。

「君が聖女であることは、俺の存在が証明している。君に助けられていなければ、俺はこの場にいなかっただろう」

助けた覚えはない。だけどリオンはそうは思っていないようで、力強いまなざしをアリシアに向けている。

（どうすれば、誤解だってわかってもらえるんだろう）

言いたいことを、思っていることを伝えられないことがもどかしい。

胸の奥《おく》によどみが溜《た》まるような感覚を覚えながら、アリシアは果実水が注がれたグラスに手を伸《の》ばした。

喉《のど》を通る果実水は甘く爽《さわ》やかで、居心地の悪さと息苦しさを少しだけ和《やわ》らげてくれる。

アリシアが小さく息を吐き出すと、リオンの目が悩ましそうに細められた。

「それにしても……話ができないのは不便だな。君の声が聞けないのが残念でならない」

後半部分はともかく、前半に関してはまったくそのとおりだとアリシアも頷く。

話したいことはいっぱいある。誤解を解くだけでなく、よくしてくれたことに対する感謝も伝えたい。

どうして人を惑《まど》わせる声を持って生まれてしまったのだろうと、これまで考えもしなかったことが浮かんでくる。

「いや、もちろん事情があることは承知している。だが……そうだ。別に話すのは何も声を発するだけではないのだから……文字を書くのはどうだろうか」

視線を落としたアリシアに、リオンが慌てたように言葉を重ねた。

筆談を提案してきたのは、名前がわかるのならほかの文字もわかると思ったからだろう。

だけどアリシアにわかるのは、絵本から読み取れたわずかな文字——王子、お姫様、人魚、薬、魔女《まじょ》。そしてアリシアという名前だけ。これで会話を成立させるのは不可能だ。

気まずそうに顔をうつむかせるアリシアに、リオンの目がわずかに泳いだ。

「……ああ、と、そうだな……文字を、覚えるのもいいと思う。よければ俺が直々に——」

「殿下《でんか》。一朝一夕《いっちょういっせき》で文字を覚えたり教えたりするのは不可能です。いったいどれだけ長居するつもりですか」

呆《あき》れたようにマティアスが言うと、リオンの口から小さな唸《うな》り声が漏《も》れた。

「もちろん、わかっている。ただ言ってみただけだ」

外の世界に疎《うと》いアリシアでも、王子のいるべき場所が城だということぐらいは知っている。毎日のように通うとかでなければ、アリシアに文字を教えるのは難しい。

だからアリシアもリオンの言葉を本気にしたわけではないが、それでも教えようと思ってくれたことが嬉《うれ》しくて、同時に抱いた気持ちを伝えられないことに胸が苦しくなる。

(文字を……教えてもらえるかな)

リオンに、ではない。頼《たの》むとしたら家主であるマティアス、あるいは彼の知る誰かに。

懇願《こんがん》するようにマティアスを見ると、彼はアリシアの視線に気づいて優しい笑みを浮かべた。

「文字を習いたい？」

（……できるのなら）

文字を覚えるのにどれぐらい時間がかかるかわからない。その間、時間と労力を強《し》いることになる。

だから勢いよく頷くことはできなかった。それでも覚えたいという意思を隠すことはせず、遠慮がちに頷いて返す。

「それなら、教師をつけるとしようか。これから生活するにあたって、君の要望を伝えるための手段が必要だとは思っていたから……遠慮することはないよ」

本当に、優しい人たちだとアリシアの口元に笑みが浮かぶ。

（神様に、お礼を言わないと）

こんな巡り合わせをくれた神に、心の中で祈りを捧《ささ》げる。

歌は――そのうち、誰もいないときを見計らって捧げよう。

そうして最後のひと口を食べ終え、ローナが粛々《しゅくしゅく》と食器を下げていると、慌ただしく扉が開かれた。

「だ、旦那様《だんなさま》!」

入ってきたアルフの顔には焦《あせ》りがにじんでいる。ひどく慌てた様子に何かあったのかと緊張が走り――。

「第二王子殿下が、聖女を連れて帰ったと報告が……!」

続いた言葉に、室内に沈黙が落ちる。

リオンとマティアスは顔を見合わせたあと、きょとんと首を傾《かし》げているアリシアに視線を集中させた。

「てっきり、第二王子殿下を止めることができたのだとばかり……何を考えていらっしゃるのですか」

「ああ、いや、待て。それについては問題ない。あるかもしれないが、当面は問題ない」

咎《とが》めるような口振《くちぶ》りのアルフに、マティアスがげんなりしたように額に手を当てる。

リオンはリオンでじっとアリシアを見つめたまま、視線を逸《そ》らそうともしていない。

(ええと、聖女が第二王子……ということは、別の王子様がいて、聖女を連れていったということで……)

文字を覚えて、それからどうにかして誤解を解いて――そう考えていたのだが、思っていたよりも早く誤解が解けそうだ。

「聖女が同じ時代にふたりいた記録はない。今回は違う、ということもないだろう。リーリア教の奇跡は歌にまつわるものだった。ヴァリスが連れてきた聖女は……おそらく、聖女とは名ばかりの別のものだ」

リオンがそう言い終えるとようやく視線がアリシアから外れ、マティアスに注がれた。

マティアスもリオンの意見に賛成のようで、否定せず呆れたような苦笑を浮かべている。

「ヴァリス殿下の暴走はさておき、やはりあそこはいまだ腐敗《ふはい》したままなのでしょうね。いやむしろ、悪化しているのかもしれません。象徴《しょうちょう》であり、神に遣《つか》わされた存在として崇《あが》めている聖女の代わりを用意しているとは……。さすがに、予想していませんでした」

「……問題は、いつから代理を立てていたか。たしか、聖女は神秘的な見た目をしていると……そういう噂《うわさ》だったな」

そこで一度口を閉ざすと、ふたりの目がアリシアに向いた。

彼らの目に映るのは、白い髪《かみ》に金色の瞳。修道女に気味が悪いと言われ続けた姿はあまりにも神秘的には程遠《ほどとお》くて、アリシアの唇《くちびる》が固く引き結ばれる。

「……アリシア。君は、信者の前に出たことはあるか？」

問われ、アリシアは小さく首を傾げた。信者というのは、祈りに来ていた人たちのことだろうかという意味をこめて。

アリシアの言いたいことが正確に伝わったわけではないだろう。だけどそれでも、彼らには十分だったようだ。ふたりは同時に大きなため息を吐き出した。

「神秘的な見た目の女性がアリシアでないとすると、間違いなく代わりを使っていたのだろう。たしか、噂が出回りはじめたのは数年前だったな。……となると、だいぶ長い間、信者を騙《だま》していた、ということか。……聖女を連れ帰ったというのが、誤報でなければ」

「そこはご心配なく。信の置けるものを城に派遣《はけん》しています。たしかな情報しか、こちらには届かないようにしてあるので……実際にヴァリス殿下は聖女を連れて戻《もど》ったのでしょう」

マティアスとリオンの間だけで話が進んでいくのを、アリシアはおろおろとしながら見守ることしかできない。

聖女で、偽者《にせもの》で、第二王子殿下で、信者で、象徴で、教会で、奇跡で、神秘的で。

これまで人と接する機会がほとんどなく、言葉を交《か》わしたことすらないアリシアの前に、情報だけが積み重なっていく。

(……誤解が解けると思ったのに、なんだか変なことになっているような……。私の代役なんて、そんな必要ないのに……どうしてそう思ったんだろう)

修道女たちはみんな口を揃《そろ》えて、アリシアの見た目は気味の悪いものだと言い、声は魔を孕《はら》んでいるのだと語った。そして絵本を渡されたときには、魔性《ましょう》を宿した者の末路を教えられた。

だから、そんなことが起きないように、悲惨《ひさん》な最期《さいご》を迎《むか》えないように、人を惑わせないように、人前に出ることがないように、教会の地下で育てられた。

そんなアリシアの代理を立てる必要がどこにあるというのか。

アリシアが本当に聖女なら、地下に閉じこめたりはしなかったはずだ。

外に出して各地を回るほうが、困っている人を助けられる。神のため、人のために活動することができる。

だけどそうしなかったのは、アリシアが聖女ではなかったから、としか考えられない。

それなのに、マティアスとリオンは代理だと断言し、アリシアを本物だと考えている。

——信仰心《しんこうしん》を利用して利益を得る。

そんな発想のないアリシアは、ただマティアスとリオンの会話を聞きながら自分なりに情報を整理し、ふたりをじっと見つめた。

(そちらが本物だと教えてあげないと)

わずかな所作でこちらの意図をくみ取ってくれたのだから、今度もきっとわかってくれるはずだと信じて。

そうして見つめ続けていると、ふたりの視線がアリシアに集まり――すぐに、リオンの口元に笑みが浮かぶ。

「君が不安に思うことは何もないから、安心してほしい。アリシアが聖女ではない、なんてこともありえない。それはマティアスと、そこにいる彼女《かのじょ》も同意してくれるはずだ」

リオンの目がちらりとローナに向く。どういうことかとアリシアもローナを見ると、彼女はリオンに同意するように静かに頷いた。その瞳《ひとみ》にはためらいも困惑もない。

(どうして……？)

第二王子が聖女を連れて帰ったのなら、そちらが本物だと思うのが当然のはずだ。それなのに、彼らはアリシアが聖女であることを信じて疑っていない。

とまどうアリシアを見て、マティアスがゆっくりと話しはじめた。

「おそらく、リーリア教は君がいては困ると思ったんだろうね。ヴァリス殿下に見初《みそ》められて教会を去ったはずの聖女の力を使うわけにもいかず、だからといって囲い続けていれば、何かの拍子《ひょうし》に気づかれるかもしれない。……新しい聖女が現れたのだと言い張るにしても、力も何もかも同じでは間違いなく怪《あや》しまれる。代役を立てていたことが知られれば、非難は免《まぬが》れない。いや、非難だけで済めばいいほうだろう」

マティアスの口がためらうように閉ざされる。そして言いにくそうに視線をさまよわせたあと、じっとアリシアを見据《みす》えた。

「……君を追っていたのがそこらのならず者ではなく、修道女だったことが君が聖女である何よりの証拠《しょうこ》だ。命を奪《うば》うだけであれば、自ら手を下す必要はない。だがそうしなかったのは、万が一にも君の力が外に漏れるのを恐《おそ》れたから……そう私は考えているよ」

わずかなためらいは、アリシアを気遣《きづか》ってのものだった。辛いことを思い出させてしまったというように、薄水色の瞳に憂慮《ゆうりよ》の色を浮かべている。

「……これまでに聖女と呼ばれたことがないのなら、とまどうのも当然だ。だから、今はただ……俺《おれ》を助けてくれた――君が見つけてくれたから、俺は助かった……それだけで構わないから、覚えておいてほしい」

真剣にこちらを見つめる赤い瞳に、アリシアは何故《なぜ》だか涙がこぼれそうになり、ぎゅっと唇を引き結んだ。

とまどっていることに気づいてくれたリオンの優しさもマティアスの気遣いも、何もかもが嬉しくてしかたない。喉の奥が締《し》めつけられるような息苦しさと、心の奥からにじむ温かさに胸がいっぱいになる。

目覚めてからずっと、優《やさ》しくしてくれて、温かい風呂や食事を与《あた》えてくれて、遠慮なく話をしてくれて。

(それに、私をまっすぐに見てくれている)

修道女たちはアリシアの白い髪を見て、蔑《さげす》み、嘆《なげ》いていた。だけど目の前にいる彼らは誰もそんなことは言わず、それどころか——。

(本当に私が聖女だったらいいのに)

そんな期待を抱いてしまうぐらい、彼らの目も態度も真剣で、優しく、温かい。

マティアスやリオンの言うとおり、本当に聖女なら憂《うれ》えることは何もない。彼らの期待に応えるだけだ。

だけど聖女であるという確信は持てない。アリシアの力が、声が、彼らの言うような奇跡であるとはとても思えない。

(だけどそれでも……頑張《がんば》ろう)

たとえ聖女でなかったとしても、彼らの好意に報《むく》いたい。助けてくれたことを、優しくしてくれたことを彼らが後悔《こうかい》しないように、与えられた恩を返したい。

彼らが望んでいるような存在でなかったとしても、奇跡と呼ばれるような力がなかったとしても、自分にできる精一杯《せいいっぱい》のことをしよう。

アリシアはそう決意を固め、力強い意思をこめて深く頷く。それに呼応するようにマティアスも柔らかな微笑《びしょう》を浮かべる。

そんなふたりを見ていたリオンが悩ましい顔で、こほんと咳払《せきばら》いを落とした。

「リーリア教の行いは問題だが……城に聖女がいるのであれば、アリシアの存在が外に知られてもすぐに聖女と結びつける者は現れないだろう。落ち着いて勉学に励《はげ》めるいい機会だと思えば……悪いことばかりではないのかもしれない」

落ち着いた声色《こわいろ》でそう締めくくると、リオンはアリシアのほうを見て、そわそわと視線をさまよわせた。

一瞬《いっしゅん》で失われた落ち着きに、アリシアはどうしたのだろうと首を傾げる。

「アリシア……俺はもうすぐ城に戻るが……また、会いに来てもいいだろうか。勉強の進み具合なども確認したいし……わからないことがあれば、教えることもできると思う」

「我が家《や》の用意する教育係では答えられない質問に、殿下なら答えられる、と？」

「そういうことではない。わかって言っているだろう」

茶化《ちゃか》すように言うマティアスをじろりと睨《にら》みつけると、リオンは気を取り直したようにアリシアに向き直った。

だけどそれ以上は何も言わない。おそらく、アリシアの返事を待っているのだろう。

（会うのは大丈夫だけど……でも、ここは私の家ではないから……）

安易に頷くことはできなかった。この家の主はマティアスであり、アリシアではない。

家主の了承《りようしよう》もなく答えることはできないと、マティアスの様子をうかがう。

マティアスの顔に浮かんでいるのは、労わるような笑み――好きに答えていいのだと言うような笑みに、アリシアはほっと胸をなでおろしてから、リオンに向けて小さく頷いた。

ぱっと顔を明るくさせるリオンに、胸が温かくなる。

（なんだか少し……変な感じ）

ここまで嬉しそうな顔をされるのは初めてで、どことなくくすぐったい。だけど悪い感じはせず、アリシアははにかむような笑みを浮かべた。

◆◆◆

カミラは王城の廊下《ろうか》を歩きながら、隣《となり》にいる端整《たんせい》な顔を見つめて、そっと頬《ほお》を赤らめた。

視線が絡《から》み合えば柔らかく微笑《ほほえ》み、甘い言葉を囁《ささや》いてくるヴァリスに、ふわふわと浮足立《うきあしだ》つ。

まるで夢のようだ。聖女として崇められ、王子様が迎えにきた。

絵本のような出来事に、浮かれた心はいまだ落ち着きを取り戻さない。

（あの日、この道を選んでよかった）

思い出すのは、辺鄙《へんぴ》な町にある孤児院《こじいん》。そこで育ったカミラのもとにある日、リーリア教の司教が訪ねてきた。

『あなたこそ、聖女の名にふさわしい』

彼《かれ》はそう言ってカミラを褒《ほ》めたたえ、手を差し伸べてくれた。

もしもあの日、あの手を取らなかったら、今のカミラはいない。

聖女として崇められることもなく、王子様が迎えに来ることもなく、見目がよいからとそこらの小金持ちに買われていたかもしれない。もしもそうなってたら、妻として扱《あつか》われるのならまだいいほうで、ただの愛玩物《あいがんぶつ》として扱われていただろう。

想像するだけでぞっとする。ありえたかもしれない未来が浮かぶたび、臆《おく》することなく手を取り、この道を選んだ自分を誇《ほこ》らしく思っていた。

(それに……とても大切にしてくれそう)

隣を歩くヴァリスをそっと盗《ぬす》み見る。

華美《かび》な装《よそお》いにも負けない美貌《びぼう》は一見すると冷たく厳しそうだが、とろけるような熱いまなざしをカミラに向けていた。

今はカミラではなくまっすぐに正面を見ているが、きらびやかな城内を堂々と歩く姿は様になっていて、この人に見初められたのだという自信がカミラの顔に自然と笑みを刻む。

「急いで用意したから気に入るかわからんが……好きに過ごしてくれ」

そうして案内された部屋に、カミラは清楚《せいそ》な所作を忘れて目を見開いた。

教会は長い間、赤貧《せきひん》にあえいでいたそうだ。カミラが聖女として迎え入れられてから与えられた部屋は、一人部屋ではあったが修道女と変わらない質素な作りで、いくら務めを果たそうと変わりはしなかった。

だけど目の前に広がる室内は広く、家具や調度品――天井から下がる照明に至るまで輝いて見える。

ソファもベッドも大きく、見ただけで上質な触《さわ》り心地《ごこち》を感じさせた。教会にいた頃《ころ》とは天と地ほども差がある室内に、カミラはあふれ出る喜びを隠しきれない。

(……聖女と崇めるのなら、これぐらい用意してほしかったわ)

聖女であるカミラはヴァリスに見初められ、この部屋を与えられた。

それだけの素質がカミラにあるのだから、聖女であった頃もこれぐらい――とまではいかなくても、近しい部屋を用意してもらいたかったものだ。

(人前にも出せないような子なんかより……)

聖女は金色の髪か、金色の瞳、あるいはその両方を持っているという。だけど今代の聖女は金の瞳こそ持ってはいたが、髪は白――神から与えられた尊き色を失っていた。

そんな薄気味悪《うすきみわる》い娘《むすめ》を人前に出せば、聖女に対する信仰心が薄れてしまう。

聖女は誰《だれ》からも崇められ、敬われるべきだ。それに比べて、カミラは瞳の色こそ違《ちが》うが、眩《まばゆ》い金の髪と聖女と名乗るにふさわしい美しさを持っていると、カミラを迎えに来た司教は熱く語った。

彼の言葉に疑問を抱《だ》いたことはない。何しろ教会にいる人は誰も彼もが同じことを口にしていた。

それに聖女としての活動は忙《いそが》しく、面倒《めんどう》なことも多かった。

信者との懇談会《こんだんかい》に、食事会。慈善《じぜん》活動もすれば、信者の前で教義を説くこともあり、自由な時間はほとんどなかった。

しかもそのすべてで慈愛《じあい》に満ちたまなざしと笑み――聖女にふさわしい行動を求められていたのだから、面倒なことをすべて引き受けていると言っても過言ではない。少なくとも、カミラ自身はそう思っていた。

それなのに、専用の部屋を与えられていたのは、カミラではなく人前に出ることのない聖女だった。

向けられる敬愛の目に、賞賛の言葉。抱かれた期待を裏切ることなく立ち回ったカミラにこそ、専用の部屋を用意するべきだったのではないのか。

わずかに浮かんだ教会に対する落胆《らくたん》を隠すように、満面の笑みをヴァリスに向ける。

「このような素晴《すば》らしい部屋を用意していただけるなんて……この感謝をどうお伝えすればいいのでしょう」

「その笑顔《えがお》だけで十分だ」

柔《やわ》らかく細められた赤い瞳にカミラの胸が高鳴る。

これから訪《おとず》れるであろう幸福に、頬が緩《ゆる》んでしかたない。

「……ヴァリス。帰ってきたのなら、俺に挨拶《あいさつ》ぐらいしてもよかったのではないか」

そんな気もちに水を差すように、うしろから冷ややかな声が聞こえた。

振り向き――そこにいた男性にカミラは思わず息をのんだ。

まるで絵画から飛び出たかのような寸分の違いもない整った顔。カミラと同じ金色の髪なのに、艶《つや》も何もかもが違って見える。

「兄上、帰っていらしたのですね。挨拶には伺《うかが》おうと思っていたのですが、外出中だと聞いたので、先に彼女を休ませようと……思っただけです」

「可愛《かわい》い弟が女性を連れて帰ったと聞いたからな。飛んで帰ってくるのは当然だろう。それで……彼女が？」

ヴァリスと同じ赤い瞳がカミラに向けられる。どきどきと胸が鳴るのは、新たな予感を抱いたからだろう。

「ええ。オレが連れて帰ってきた、オレの聖女です」

自信満々に、だけどどこか牽制《けんせい》するように、ヴァリスがカミラの肩《かた》を抱いた。

強い力で引き寄せられ、触《ふ》れたところから温《ぬく》もりが伝わってくる。

「俺は第一王子リオン。どうも、初めまして」

「ええ、よろしくお願いいたします」

リオンの顔に浮《う》かぶ優雅《ゆうが》な笑《え》み。洗練された仕草に、カミラは慎《つつ》ましい笑みを返した。

（こんな素敵《すてき》な人がふたりもいるなんて……これから私、どうなっちゃうのかしら）

麗《うるわ》しい聖女を前にして、牽制しあう兄弟――そうとしか思えないふたりの様子に、カミラはにやける顔を隠すので必死だった。

◇◇◇

リオンが帰ったあと、アリシアは客室から別の部屋に移ることになった。

クロヴィス家の一員になるのだから、立場にふさわしい部屋を使うべきだというマティアスの主張に、そういうものなのかと頷《うなず》いたからだ。

だが案内された部屋の扉《とびら》が開かれてすぐ、アリシアは自らの選択《せんたく》を後悔した。

扉を開けた向こうには、触らなくてもふわふわと柔らかいことがわかる毛足の長い絨毯《じゅうたん》が一面に敷《し》かれていて、その上には豪奢《ごうしゃ》な調度品が飾《かざ》られている。

棚《たな》の上に置かれた木箱ひとつとっても上等なものであることが伝わってきて、まだ一歩も足を踏《ふ》み入れていないのに圧倒《あっとう》されてしまう。

「こちらは応接室で、客人が訪ねてきたらここで応対するといい。それから……あちらに扉があるのが見えるかい？　あの先には主室があるから、趣味《しゅみ》に興じるときにはそこを。そしてその先には寝室《しんしつ》が――」

（この部屋だけじゃないの⁉）

アリシアが気圧《けお》されていることに気づいているのかいないのか。にっこり微笑みながら説明を続けるマティアスに、アリシアは思わずぎょっと目を見開いた。

応接室だけでも十分な広さがある。なんならこの半分――いや、四分の一でも生活するには困らないはずだ。

しかもまだまだ続いているマティアスの説明によると、浴室や衣装部屋《いしょうべや》まで揃っているとかで、いったいどれぐらいの広さなのか、想像するのも難しい。

（ほ、本当に、この部屋を私が使ってもいいの……？）

もしかして、お姫様《ひめさま》とか、そういった凄《すご》い人の部屋なのではないのか。そう思ってしまいそうなほど、アリシアには過ぎた部屋だ。

聖女でなくても頑張ろうと胸に決めたが、受けた恩に見合った働きができるだろうかと不安になってしまう。

視線をさまよわせ、どうすればいいのだろうと悩《なや》んでいるアリシアの肩に、ぽんと手が置かれる。見上げると、マティアスが苦笑《くしょう》まじりの優しい笑みを浮かべていた。

「遠慮することはないよ。私の娘になるのだから、むしろこれでも狭《せま》いぐらいだ。いかんせん、我が子用の部屋を用意していなくてね。……もっと広い部屋がよければ、今すぐは無理だけど明日にでも——」

全力で首を振る。黙っていたらこれよりも凄い部屋を用意されそうで必死だった。

「なら、不足しているものがあればいつでも言っておくれ。すぐに用意させるから」

優しく微笑まれ、アリシアは顔をこわばらせながらもほっと安堵《あんど》の息をつく。

「それと服だけど、これもさすがに我が家にはなくてね。既製品《きせいひん》にはなるけど注文したから、明日には新しいものが届くはずだよ」

ではいま着ている服はなんなのかとアリシアは自分の体を見下ろした。

ふわりと柔らかく、背中にボタンのついているワンピースは、アリシアがこれまで着ていたものよりも着心地《きごこち》がよくて、すぐに用意できるものとは思えない。

「ああ、それかい？　それは我が家に勤める侍女《じじょ》から拝借したものでね。背丈《せたけ》が近い者がいてよかったよ」

なんてことのないように言われ、アリシアは目を大きく瞬《まばた》かせた。

（誰のだったんだろう。あとでお礼を……言えないけど、どうしよう）

ローナはアリシアよりも背が高いから、彼女のものではないはずだ。となると、この服の持ち主はアリシアの知らない誰かということになる。

突然《とつぜん》現れた見知らぬ相手に服を貸すなんて、嫌《いや》ではなかっただろうか。

「ご安心ください。アリシア様が気にかけることはございません」

きっぱりと言い切るローナに、アリシアはとまどいながらも頷いて返す。いつかお礼を伝えられたらいいな、と思いながら。


――その機会は、思っていたよりも早く訪れた。

翌朝、アリシアの部屋にやってきたのはローナだけではなかった。ローナと同じ侍女服を着た少女がひとり、一緒《いっしょ》に入ってきたのだ。

「はじめまして！　リリアンと申します！」

元気よくリリアンと名乗った少女の隣で、ローナが少しだけ難しい顔をしている。不本意そうにも見えるその顔に、アリシアは小さく首を傾げた。

「このたび、アリシア様の側仕《そばづか》えとしてだけでなく、教育係としてもお仕えするように仰《おお》せつかりました。大変光栄なことだとは思ってはいるのですが……私ひとりでは手が回らず、ご迷惑《めいわく》をおかけすることもあるかと思い、彼女もアリシア様のお世話をすることになりました。主に食事の配膳《はいぜん》や、部屋の清掃《せいそう》をお願いしてありますが……何かあればいつでもお申しつけください」

ぴんと背筋を伸ばしながら滔々《とうとう》と述べているローナの横で、リリアンが空色の瞳をじぃっとアリシアに向けている。そして少しすると、何故《なぜ》か顔を華《はな》やがせた。

「アリシア様にお仕えできて光栄です。それに、合わなかったら心配だったんですけど、問題なさそうでよかったです！」

明るく笑いながらはきはきと喋《しゃべ》るリリアンに、アリシアはぱちぱちと瞬きを繰り返す。

同じ侍女のはずなのに、あまりにもローナと違う。

(それに、合わなかったらってなんの話だろう)

どういうことかと首を傾げるアリシアに答えてくれたのは、呆れたようにため息を落としたローナだった。

「アリシア様にご用意した服は彼女のもので……このとおり、侍女としてはまだまだ未熟ではありますが、彼女自ら志願し、やる気もあります。……不安はあるかもしれませんが、ご容赦《ようしゃ》いただけると助かります」

むしろ不安を抱いているのはアリシアではなく、ローナのほうではないだろうか。本当に大丈夫《だいじょうぶ》なのかとリリアンを見つめるローナの目が語っている。

(侍女もいろいろな人がいるんだなぁ)

修道女はみんな同じような目を、顔をアリシアに向けていた。唯一《ゆいいつ》例外だったのは——。

(……あの人は、修道女じゃなかったから……)

幼い頃にアリシアの世話をしてくれていた少女を思い出して、ぎゅっと拳《こぶし》を握《にぎ》る。

その当時、アリシアを散歩に連れ出すのは修道女の役目だったが、それ以外の世話はひとりの少女が担《にな》っていた。

修道女ではなく、なんらかの事情があって教会に預けられたのだと——少女はアリシアに語った。

彼女はよく喋る人で、教会に来るしかなかった自らの境遇《きょうぐう》を嘆き、世の中への不満を漏らし、教会に対する愚痴《ぐち》をこぼしていた。

話のほとんどは不平不満や愚痴で溢《あふ》れていて、彼女が来るのは配膳やお湯を運びにくるときだけだったが、それでも日々の楽しみのひとつとして心待ちにしていた。

ある日を境に、彼女が姿を消すまでは。

（もしも私の歌を聞いていなかったら……今もまだ、いたのかな）

アリシアは物心ついた頃からずっと、歌い続けてきた。

話してはいけないと言われていたけど、何故だか歌いたいという衝動《しょうどう》だけは押《お》さえきれず、誰もいない部屋で、誰もいない森の中で、歌を口ずさんだ。

もしかしたら、窓から聞こえてくるかすかな音以外は何もない部屋に退屈《たいくつ》していたのかもしれない。

リオンを見つけたのもそのぐらいの時期で、アリシアは自分の声がよくないものだと聞いてはいたが、人前では歌わない程度の注意しかしていなかった。

だけどある日、アリシアは配膳に来た少女に気づかず歌い続け――感謝も何もこめていない、ただ欲求のままに奏《かな》でた歌を少女に聞かせてしまった。

『彼女はあなたの声を聞いたことで正気を失ってしまったため、この地を去りました』

その日から、少女ではなく修道女が食事を運ぶようになり、彼女がアリシアに向けたのは、咎めるような冷たいまなざし。

内に潜《ひそ》む魔《ま》を少しでも追い払《はら》えるように、神に感謝し、人々の幸せを祈《いの》り続けるように。

声に魔性を宿して生まれたアリシアには、それしか救済の道はないのだと何度も説かれた。

声も顔も今ではおぼろげで、もうほとんど思い出せない。だけど、自分の声のせいでという罪悪感だけは今も消えずに残っている。

「……アリシア様？　どうかされましたか？」

訝《いぶか》しげなローナの声にはっと我に返ったアリシアは、あいまいな笑みを浮かべながら、なんでもないというように小さく首を横に振《ふ》った。

それからリリアンのほうを見て、彼女から借りた服を指差してからひとつ頷き、微笑む。

（服を貸してくれてありがとう……これで伝わるかな）

アリシアの所作にリリアンは大きく瞬くと、笑いながら頷いた。なんとか伝わったようで、ほっと胸を撫《な》でおろす。

「挨拶はこのぐらいにしておきましょう。それではアリシア様……先ほど申し上げましたとおり、私がアリシア様に文字を教える運びとなりましたので、よろしくお願いいたします」

腰《こし》を折り、頭を下げるローナに、アリシアもつられて頭を下げた。

その横でリリアンが机の上に何やら広げている。紙に、ペンに、薄《うす》い本が数冊。

「まずはアリシア様がどのぐらい文字がわかるのかを確かめたいと思います」

ぱらりと本がめくられる。中には大きく書かれた文字が並び、おそらくはその文字が意味する絵が描《えが》かれていた。

絵からなんとなく察することはできるが、文字だけだと何を書かれているのかはわからない。アリシアが絵と文字を交互《こうご》に見ていると、ローナが「なるほど」と小さく呟《つぶや》いた。

「ちなみにですが、文字を書かれたことはございますか？」

首を振って答える。アリシアがいた部屋には何かを書く道具はなかった。文字どころか、絵すら描いたことがない。

「でしたら、目標が筆談ですので……書いて覚えることにいたしましょう」

どうぞ、と差し出されたペンを握る。そして本に書かれた文字を紙に書き写し――結果は散々だった。


日が暮れる頃になっても、文字の練習は続いていた。広げられたノートを前に、アリシアは唸りそうになるのを必死にこらえる。

「アリシア、こちらの文字がまだ少し歪《ゆが》んでいるから……少し力を抜《ぬ》いて書くといい」

紙に書かれた文字をなぞりながら言うのは、リオン。

昨日に続いて今日もマティアス邸《てい》を訪れた彼は、アリシアが文字の練習をしていると聞いて、練習に付き合ってくれることになった。

教育係であるローナはそばに控《ひか》え、ふたりのやり取りを見守っている。

(文字を書くのって、難しい……)

ペンを持つことすら今日が初めてのアリシアにとっては、ただ線を引くことすら難しい。おぼつかない手つきで文字を書き写すが、できあがったのはミミズがのたくったような、なんだかよくわからない代物《しろもの》。文字の読めないアリシアはもちろん、文字を読める人ですら解読できないだろう。

(ええ、と……まずは縦に一本書いて、それから……横に……)

ぐりり、と手本のとおりに書いているはずなのに、何故かアリシアの書いたものはひどく歪んでいる。

「だが、ずいぶんと上達したな。半日でこれだけ書けるのだから、誇ってもいいぐらいだ」

ちらりと紙の上に書いた文字を見る。

まっすぐな線はもちろん、曲線ひとつ満足に書けていない。いつかは綺麗《きれい》に書けるようになるかもしれないが、まだまだ先は長そうだ。

(誇ってもいいは、大げさすぎるんじゃないかな……)

リオンの気遣いに苦笑しながらちらりと彼を見る。赤い瞳と視線がかち合うと、柔らかな笑みが返ってきた。

「俺は嘘《うそ》は……まあ、言うかもしれないが、心にもない世辞はあまり言わない。だから、言葉どおり受け取ってもらえるとありがたい」

何も言わなくてもこちらの意図をくみ取ってくれることに、そして心から褒めているのだと言われたことに、喜べばいいのか照れればいいのかわからない。

アリシアはへんにゃりとぎこちない笑みを浮かべる。

「あとは、そうだな。単語は練習してどうにかなるものではないから、覚えるしかないが……大丈夫そうか？」

文字の数は二十六個とあまり多くはないが、その代わりにどう組み合わせるかによって意味が変わる。だからその組み合わせと、できあがった言葉も覚えないといけない。

（全部覚えきれるかな）

不安はある。だけど、頑張るという気持ちもこめて深く頷く。

「何事も日々の積み重ねです。焦らず少しずつでも習得していけば、いつかは実を結びます。ひとまず休憩《きゅうけい》し、夕食をお召《め》し上がりください」

ローナが一歩進み出て言うと、エプロンから鈴《すず》を取り出してチリリンと鳴らした。すると待ち構えていたかのようにワゴンを押したリリアンが部屋の中に入ってくる。

「旦那様は本日急務がございまして同席できず、申し訳ないとの仰せです」

首を垂れるローナに、アリシアは机の上に置かれた文字表に視線を落とす。大丈夫と伝えたいが、適した文字を選ぶのはまだ難しい。

「な、し……構わない、ということか。すごいな。もう文字を覚えたとは」

ぽんと頭に手を置かれた。そのまま優しく頭を撫でられ、ぱちくりと目を瞬かせてしまう。

「あ、す、すまない。その、俺には弟がいるのだが……いや、それは知っているか。だから、ええと、その弟に昔、勉強を教えていたことを思い出して……つまり、深い意味があったわけではなく……！」

はっとしたようにリオンは目を見開いてから顔を赤くさせる。その様子に、アリシアはまた大きく目を瞬かせた。

「本当にすまない。嫌な思いをさせてしまった」

申し訳なさそうに言うリオンに、ふるふると首を振る。

（いやだとは、思わなかったかな）

ただ、慣れないだけで。撫でられるのはもちろん、胸に広がる温かさも教会にいた頃は感じなかった。

嬉《うれ》しくて、もどかしくて――言葉にできない感情に、何故だか気恥《きは》ずかしくなり、アリシアの頬まで少しだけ熱くなる。

「あー……と、アリシア、これだと少し意味合いが異なることがあるから……この場合は、別の文字のほうが……長い言葉が難しければ、こちらとこちらとかはどうだろうか」

自らの失態か、あるいは赤くなった顔をごまかすように、リオンの指が文字表の上を滑《すべ》る。アリシアも気持ちを切り替《か》えようと、真剣《しんけん》に見つめて、先ほど示したのとは違う文字を必死に頭に叩《たた》きこむ。

そんなふたりの後ろで――。

「……あのぉ、食事はどうされるのですか……?」

リリアンが弱々しい声を漏《も》らしていた。


アリシアが文字を習いはじめてから二週間が過ぎた頃、リオンがクロヴィス邸を訪れた。マティアスを訪ねてきたのだが、アリシアも無関係ではないからと同席を求められ、アリシアは彼らが待つ庭園に向かった。

「やあ、アリシア」

白い柱で支えられたガゼボの下、アリシアを見つけたリオンの顔が嬉しそうにほころぶ。

アリシアが微笑み返して空いている椅子《いす》に座《すわ》ると、それぞれの前に紅茶と茶菓子《ちゃがし》が並べられる。

ふわりと漂《ただよ》う甘《あま》い香りに、アリシアはそちらを見ないようにしながら、テーブルを挟《はさ》んで座るリオンとマティアスに目を向けた。

茶菓子は魅力的《みりょくてき》ではあるが、呼ばれたのだから話に集中しないといけない。もしもうっかり手をつけようものなら、間違《まちが》いなく茶菓子のとりこになってしまう。

甘く漂う誘惑《ゆうわく》をはねのけている間にもふたりの話は進んでいて、アリシアは意識を集中させた。

「城に来た聖女の名前はカミラ。孤児院で育ったと本人は言っている。どこの孤児院なのか、どういった経緯《けいい》で預けられたかはまだ調査中だ」

「……それで、第二王子殿下《でんか》とはどのような様子で」

「ヴァリスはずいぶんと入れこんでいるようだ。暇《ひま》さえあれば彼女の部屋に通っている」

アリシアは心の中で何度かカミラと呟くが、教会でその名前を耳にしたことはない。人と話すこと自体ほとんどなかったわけだが。

アリシアが人と接するのは、部屋から移動するときか、食事が運ばれてきたときだけ。そのときもほとんど言葉を交《か》わすことはなく、アリシアも自ら喋ろうとはしていなかった。それが当たり前だと、ずっと思っていた。疑問に思うことすらなかった。
「彼女が偽者《にせもの》であるとは教えなくてよろしいのですか」
「聞き入れる気があるのなら、最初から聖女を訪ねようとはしていないだろう」
だけど目の前にいるふたりは言葉の雨をアリシアに降らせてくる。遠慮《えんりょ》なく話している
ふたりを見ていると、何故か嬉しくなる。
そして当然のように置かれた温かいお茶。庭園には色とりどりの花が咲《さ》き、綺麗に剪定《せんてい》
された庭木には青々とした葉が茂《しげ》っている。
絶え間なく聞こえてくる人の声や、自然の音。そのどれもが心地《ここち》いい。
「――庭園は気に入ったかい？」
不意に話しかけられて慌《あわ》てて頷くと、マティアスの目が優しく細められた。
（集中しようって思ってたのに……それに、どうしてそんな……）
話ではなく音と情景に気を取られていたアリシアを注意するどころか、微笑ましいもの
を見るような目をしている。
向けられる声も目も何もかもが温かくて、胸の奥《おく》がくすぐられるような、なんともいえ
ない恥《は》ずかしさがこみあげてくる。
ごまかすような笑みを浮かべるアリシアに、マティアスが少しだけ目を瞬かせ、それか

らまた優しく微笑んだ。

そんなふたりを複雑そうな顔で見ていたリオンが口を開いた。

「……それはそうと、そういえば……アリシアはどのぐらい文字を覚えたんだ？」

二週間経《た》っても、アリシアの文字は相変わらずで、解読が必要な出来だ。

だけど知りたい、学びたいという欲求のおかげか、読める文字はだいぶ増えた。

アリシアは普段《ふだん》から持ち歩いている文字表を机の上に広げて、その上に指を滑らせる。

「まだ、すこし……と。二週間でここまで上達するのなら、書けるようになる日もすぐにきそうだな」

最後の一文字を示すと、リオンの顔に柔らかな笑みが浮かぶ。

アリシアと会話できるのが嬉しくてしかたないと言うようなその顔に、アリシアはまた表現しがたい感情が生まれてくるのを感じる。

「とても意欲的だと聞いております。ただ、書くことに慣れていないようで、書けるようになるにはまだ時間がかかるとのことです」

「書くことに……？　文字に慣れていないだけかと思っていたが……」

マティアスの言葉にリオンは訝しげに眉《まゆ》をひそめ、赤い瞳《ひとみ》をアリシアに向けた。

「今どきは色付きの鉛筆《えんぴつ》で遊ぶのも珍《めずら》しくないはずだが……そういったものは教会にはな

かったのか?」

こくりと頷いて返す。子供向けのものは絵本ぐらいで、鉛筆はもちろん玩具《おもちゃ》すら与えられたことはない。

「……教会では、どんな生活をしていたのか……もしよければ、教えてほしい」

アリシアは少し悩むようにしてから、文字と文字をつなげていく。

そうして『さんぽ』『しょくじ』『いのる』『ねる』の四つの単語を作ると、見本表から指を離《はな》した。

窓を叩く雨の音を聞いたり、風に揺《ゆ》られる木々のざわめきや、鳥のさえずりに耳を傾《かたむ》けたり、絵本を読んだりすることもあったが、大まかにまとめると、アリシアの生活はその四つで構成されていた。

それを読んで何を思ったのか、ガゼボの中がしんと静まり返る。

(もしかして、文字……間違えちゃったかな)

文字を見直すが、どこを間違えたのかまったくわからない。

そっとふたりの様子をうかがうと、マティアスは眉をひそめながらじっと見本表を見下ろし、リオンも難しい顔で口を閉ざしている。

「……アリシア。もしよければ今度、王都を案内したいのだが……王都はこの庭園に負けないぐらい美しいところがたくさんある。……もちろん、気が向かないのであれば、無理にとは言わないが……」

少しして、おそるおそるという表現が似合いそうなぐらい慎重《しんちょう》に、リオンが言葉を選びながら問いかけてきた。

(王都を、案内……？　たしか、凄く広いんだよね)

王都にはクロヴィス邸だけでなく、様々な家が立ち並び、大通りと呼ばれる道には多くの店が並ぶのだと、ローナとリリアンが教えてくれた。

アリシアは森で気を失い、気づいたときにはクロヴィス邸にいたので、いくら説明されてもどのぐらいの広さなのかいまだにピンときていない。

(実際に見られるのなら、見てみたいかも)

アリシアが是非《ぜひ》と言うように全力で頷くと、リオンの顔が一瞬で華やいだ。

「そうか。それはよかった。じゃあ今から行こうか。今日は予定を空けてあるから、日が暮れるまでは案内できるはずだ。そうだな、たとえば……たくさんの花が植えられた広場もある。今は時期もいいから、ここの庭園よりも見応えがあるはずだ。ほかにも――」

王都には観光客に向けた場所もあれば、住民の憩《いこ》いの場もあるのだと語るリオンに、何度も頷いて返す。

リオンが楽しそうに話しているからか、聞いているこちらまで楽しくなってくる。花が咲き誇る広場とは、いったいどんな感じなのか。わかるのは、教会の裏の野原とはまったく違うのだろうということだけ。

あれやこれやといくつもの名所を挙げていくリオンに、アリシアも目をきらきらと輝《かがや》かせていると、こほんと咳払いが落とされた。

「楽しそうなところに水を差すのは気が引けますが……出かけるにはそれ相応の支度《したく》が必要になります。万が一があっては困ります。こちらでも準備をしておきますので、また日を改めてからでもよろしいでしょうか」

苦笑しながら待ったをかけるマティアスに、うきうきと声を弾《はず》ませていたリオンの顔が一気に曇《くも》る。アリシアも少しだけ残念に思いながら自分の恰好《かっこう》を見下ろして、たしかにと頷いた。

王子に拝謁《はいえつ》するからということで、アリシアの服装はそれに合わせたものになっていて、髪《かみ》も丁寧《ていねい》に結《ゆ》い上げられ、宝石があしらわれた髪飾《かみかざ》りまでついている。

街中を散策する恰好ではないと、リオンもわかったのだろう。

「なら、都合のよい日をいくつか見繕《みつくろ》ってのちほど連絡《れんらく》するから、その中から選んでほしい」

「かしこまりました」

「……だが、それはそれとして、どこに行きたいかを話すのは構わないだろう」

ちらりと薄水色の瞳がアリシアに向く。今は相槌《あいづち》を打っているだけだったが、本格的に話すとなると、文字で答える場面も出てくるだろう。

どの文字を組み合わせるか考えながら指でひとつひとつ差していくのは、思うまま言葉を発せるリオンとは違い、時間も負担もかかる。

だから、アリシアの意思を確認《かくにん》しようと思ってくれたのだろう。

マティアスの気遣《きづか》いをありがたく思いながら、アリシアは文字で「はい」と示した。

知らない世界を知るのは楽しくて、リオンの話をまだまだ聞きたいと思っていたから。


数日後。揺れる馬車の中で、アリシアは体を縮こまらせていた。

クロヴィス邸を出るまではあまり大きくなかった揺れが、進めば進むほど不規則に大きくなり、今にも転げ落ちそうだ。

幸い、ふわふわと柔らかい椅子が包みこんでくれているので、何かに掴《つか》まらないといけないほどではないが、それでも大きな揺れを感じるたびにびくりと体が動いてしまう。

（馬車って、こんな感じなんだ）

マティアスがクロヴィス邸まで運んでくれたときは気を失っていたので、知らなかった。初めての感覚にうろたえているアリシアを、正面に座るリオンが心配そうに見ている。

「その、もしよければこちらに来るか？　支えるぐらいは――」

ためらいがちに出てきた言葉が言い終わるよりも早く、ガタンとひときわ大きく揺れて、馬車が止まった。

そして開かれた扉に、リオンの顔が少しだけ不満そうなものに変わる。だけどすぐに立ち上がると、アリシアに手を差し伸《の》べた。

馬車は大きく、車体と地面にはだいぶ距離《きより》がある。

アリシアは気遣ってくれたことに感謝しながらその手を取って馬車を降り――聞こえる喧噪《けんそう》と広がる光景に目を見開いた。

整然と並ぶ石畳《いしだたみ》の道には何台もの馬車が行き交い、灰色の道を彩《いろど》る街路樹の向こうでは、たくさんの人がせわしなく歩いている。

視線を少し上にずらすと、数えきれないほどの建物が見えた。そのどれもが大きく、色とりどりの屋根を輝かせている。

森の近くにそびえる教会しか知らないアリシアにとって、その光景はあまりに圧倒的《あっとうてき》で、まるで夢の世界のようだ。

「まずはどこに行こうか」

横から聞こえた声にぼうっと立ち尽《つ》くしていたことに気づいて、アリシアは慌てて居住まいを正すと、掲《かか》げられている看板に目を向けた。

木造りの看板もあれば、石で作られた看板もある。共通しているのは、そのすべてに文字と絵が刻まれていること。

（あちらは、ええと文房具《ぶんぼうぐ》、かな。それとあれは……）

看板をひとつひとつ丁寧に見るが、どれもピンとこない。

クロヴィス邸で生活するにあたって不便な思いをしたこともなければ、何かを欲《ほ》しいと思ったこともないので、買い物をしようという気になれなかった。

そして名所と呼ばれる場所をリオンからいくつか聞いてはいるが、まずはここ、という場所も浮かんでこない。

行きたいところがない、というわけではない。リオンから聞いた場所にはすべて行ってみたいとは思っている。だけど、まずはここから、というものが思《おも》い浮かばない。

どれもこれも素晴らしそうに思えて、どうにも決めかねたアリシアは、ちらりとそばに控える騎士《きし》とローナの様子をうかがった。

騎士はリオンが王城から連れてきた人で、抜け目《め》なく周囲を見ている。そしてローナはいつものように背筋を伸ばし、真正面を見つめていて、ふたりともどこかに行きたいといった様子は見せていない。

結局答えを出せず、アリシアはふるりと首を振る。

「それじゃあ、ドレスはどうだ。君が今着ているものはマティアスが用意してくれたものだろう。既製品を手直ししたそのドレスも似合っているが、やはり君だけのドレスもあったほうがいいと思う。完成するまで時間がかかるし、この機会に注文しておくのはどうだろうか」

アリシアだけの、ということは一点ものということだろうか。

『私だってね、お金さえあれば特別な服を仕立ててもらいたかったですよ。……それなのに今じゃあみーんな似た服を着ているここにいるんですから。ほんっとう、理不尽《りふじん》ですよねー』

幼い頃《ころ》に聞いた愚痴を思い出す。不満そうに頬《ほお》を膨《ふく》らませていた世話役の少女。

リオンが言っているのは、おそらく彼女《かのじょ》が言っていたような特別な服なのだろう。

(それって……結構お金がかかるんじゃないかな)

時間がかかるということは、それ相応に費用もかさむはずだ。

すでに何着も服を用意してもらっている。どれもこれも見たことないぐらい綺麗で、着心地もいい。

本当にこれ以上必要なのか。お金をかけてもいいのかと悩み、アリシアはちらりとローナをうかがい見る。

「アリシア様。公爵令嬢《こうしやくれいじよう》たるもの、それにふさわしい装《よそお》いを心がけなければなりません。急場をしのげるようにといくつか見繕わせていただきましたが、長く使うことは想定しておりません。マティアス様にも、近いうちにドレスを仕立てられるように準備してほしいと申し付けられております。ですのでサイズを測るのも兼《か》ねて、一着ほど選ばれてみてはいかがでしょうか」

よどみなく言うローナに、それならと頷くと、リオンの顔がわかりやすく明るくなった。

「なら、俺《おれ》のおすすめの店を紹介《しようかい》しよう。そのあとは……高いところが平気なら、時計塔《とけいとう》に上るのもいいかもしれないな。ほかにも噴水《ふんすい》のある広場や──」

意気揚々《いきようよう》と語るリオンの話に耳を傾けながら、アリシアは隣《となり》を歩く彼《かれ》の顔を見上げる。

雪の中で見つけた少年は、今よりもずっと小さかった。あれから何年も経っているのだから当たり前ではあるが、その成長ぶりに思わず目を細める。

「……どうかしたのか?」

アリシアの身近に同年代の子供はいなかった。そして自らの成長を実感するのは、届かなかった木の枝に手が届いたときぐらい。

自分はあの日からどのぐらい大きくなったのだろうと考えていたら、リオンが不思議そうに首を傾《かし》げた。

おそらく、見られていることに気がついたのだろう。

アリシアは持ってきた鞄《かばん》から見本表を取り出し、一文字一文字指差していく。おおきくなった、という言葉を作るように。

「ん？　ああ、そうか。……そうだな、君に見つけてもらったあの日から、だいぶ成長したと我ながら思っている。それもこれもすべて、君のおかげだ」

そう言ってぴたりと足を止めると、リオンはまっすぐにアリシアを見下ろした。

見上げないと覗《のぞ》きこめないほど高い位置にある赤い瞳。彼はいつもこうして、真剣なまなざしをアリシアに向けてくれている。

そのことが少しだけこそばゆくて、そっと視線を逸《そ》らした先に――仕立屋の看板が下がっているのが見えた。どうやら目的地に着いていたようだ。

「だからあの日の礼だと思って、今日のドレスは俺に贈《おく》らせてほしい」

真摯《しんし》な言葉にアリシアの頭に浮《う》かぶのは、外出前にローナと交わしたやり取り。

よほどの理由がない限り贈り物は受け入れるべきだと、断るのは相手の面目《めんぼく》を潰《つぶ》すことになり、礼儀《れいぎ》に反するのだと彼女は話していた。

もしかしなくても、こうなることを予想していたのだろう。

(申し訳ないからは……よほどの理由にならないよね)

助けられたからだと言われていたら、自分は何もしていないと断れた。だけどリオンは、見つけてもらったとしか言っていない。

助けた覚えはないが、見つけた覚えはある。そのお礼を断っても、リオンは面目を潰されたと怒《いか》りはしないだろう。だけど代わりに、しかたないと微笑《ほほえ》みながら悲しむに違《ちが》いない。

まだ数回しか顔を合わせていないが、彼がとても良い人だということはわかる。

だからアリシアはおずおずと頷いた。優《やさ》しい彼を悲しませたくなくて。

「よかった。ではさっそく、入るとしよう」

促《うなが》されるまま中に入ると、そこには外とはまた違う華やかな空間が広がっていた。

店内に飾られた色とりどりのドレス。そのどれもが繊細《せんさい》な刺繍《ししゅう》がほどこされ、レースやフリルがふんだんに使われている。

飾《かざ》られているものすべて――ドレスだけでなく、棚《たな》にしまわれている布地まで含《ふく》めて、すべてがきらきらと輝いているように見えた

（そういえば、店を構えられるのってすごいお店だけ、なんだっけ）

とくにドレスや宝石、装飾品《そうしょくひん》といったたぐいのものは貴族や王族、それから栄えた商家の人しか買えない。そして普通《ふつう》、そういった人たちは商人を家に呼ぶ。

だから酔狂《すいきょう》な客ぐらいしか直接足を運ぶことはしない。それでも店を開いているのは、王都に店を構え、潰さずに続けているのが一種のステータスになるからだとか。

教えられたことをぼんやりと思い出すことで、目の前の光景に圧倒《あっとう》されそうな意識を逸らしていると、店の奥から店主らしき人が出てきた。

「本日は足を運んでいただき光栄です」

礼儀《れいぎ》正《ただ》しく腰を折る彼に、リオンは慣れた様子で返すと、ぐるりと店内を見回してからアリシアに振り返った。

希望はあるかと聞きたいのだろう。だけど店に並ぶ様々な布やレース、フリル。そのどれもが目新しく、どれを選んでいいかわからない。

それにそもそも、アリシアは色にも形にもこだわりはない。

右に左にと視線をさまよわせ、最終的にただ頷《うなず》いたアリシアに、リオンが「ふむ」と小さく呟いた。

「彼女に似合うドレスを一着頼《たの》みたい。色や装飾《そうしょく》にこだわりはないが、体を締《し》めつけるタイプのものは避《さ》けてほしい。それから、ドレスに合う装飾品をいくつか見繕ってもらいたい」

さらりと付け加えられた言葉にぎょっと目を見開く。

(ドレスだけじゃなかったの?)

どうしてと見上げると、リオンが優雅《ゆうが》な笑《え》みを浮かべていた。

「一式揃《そろ》っていなければドレスとは言えないだろう?」

(十分言えると思う)

なんて反論がすぐに浮かんだが、アリシアは自分の考えを伝えるよりも先に、ローナの様子をうかがった。

彼女の瞳にはわずかだが、呆《あき》れの色が浮かんでいる。それでも何も言わずにこちらを見守っているのは、リオンの行動が善意によるものだからだろう。

(……本当にいいのかな)

そのことはアリシアもわかっている。だから悩《なや》んでしまうのだ。

見つけたからというだけでここまでしてもらうのは、やはり気が引ける。聖女だと思っているから、という考えが頭に浮かび、どうしようもないほどのやる瀬《せ》なさを感じた。

「俺のためにも受け取ってほしい」

そっと囁《ささや》くように落とされた言葉と柔《やわ》らかな笑みに胸が絞《し》めつけられる。アリシアはそれがどうしてなのかを考えるよりも先に、こくりと頷いた。

いくつか布をあてがわれたあと採寸をして、店を出る。これ以降もいろいろと話し合うことがあるらしいが、今日できることはほとんどなく、あとのやり取りはクロヴィス邸で行うことになった。

対応するのがマティアスになるのか、あるいはリオンになるのかはわからないが、アリシアの出る幕はないだろう。

だからアリシアは気持ちを切り替えて、目の前にそびえる大きな噴水に目を向けた。

仕立屋を出て次に向かったのは、王都の名所のひとつである噴水広場。

待ち合わせ場所としても有名なところらしく、多くの人が談笑《だんしょう》し、今か今かと待ちわびるように時計塔を見上げている人もいる。

「なかなか壮観《そうかん》だろう」

頭よりも高い位置で水が噴《ふ》き上がり、きらめく飛沫《しぶき》が陽光を受けて虹《にじ》を作っている。まるで噴水を中心に描かれた絵画のような光景に、アリシアは息をするのも忘れて見惚《みと》れた。

（きれい……）

クロヴィス邸には様々な美術品が飾られていて、目を奪《うば》われたこともある。世界には綺麗な場所がいくつもあるのだと感動したこともあった。

だけど目の前に広がる景色は、それらの比ではない。

「気に入ってもらえてよかった」

横から聞こえた呟きにそちらを見ると、そこには優しく微笑むリオンの姿があった。

視線が重なり、リオンが照れたように顔を逸らすのを見て、アリシアも慌てて目を逸らす。

そうして逸らした先で、人だかりができているのを見つけた。喧噪の中に紛《まぎ》れて、自然のものとも人のものとも違う音が聞こえてくる。

(あれは何をしているのかな)

じっとそちらを見ていると、リオンが「ああ」と小さく言う。

「ここらは人が多いからな。ああして、興行を行う者もいるんだ。……よければ見ていくか？」

興行ということは、人目を惹《ひ》く演奏や演技を披露《ひろう》しているのだろう。

アリシアの知る音楽は自然が奏でるものだけで、実際に楽器を使った演奏を耳にしたことはない。だから少しだけ興味がわいて、頷く。

リオンが歩き出したのについていくと、すぐにその中心が見えてきた。

そこにいたのは数人の男女。彼らはそれぞれ手にした弦楽器《げんがっき》や笛、太鼓《たいこ》などを演奏しながら歌っていた。

楽しげで賑《にぎ》やかな音楽に、観客は笑顔《えがお》で聞き入り、楽器の鳴る音に合わせて手拍子《てびょうし》を打つ人もいれば、合わせて歌っている人もいる。

情熱にあふれた歌声と、心を揺さぶる力強い音色。そして初めて感じる熱気と活気に、アリシアの目も心も釘付《くぎづ》けになってしまう。

じっと見入っていたアリシアだったが、集中しすぎてしまったのか人が増えていることに気づかず、ドンと強い衝撃《しょうげき》が体を襲《おそ》った。

人にぶつかってしまったのだと理解したのは、バランスの崩《くず》れた体が倒《たお》れはじめてから。踏《ふ》ん張ることもできず、ぎゅっと目をつむるアリシアだったが、すぐに温かな何かに支えられ、地面に転がることはなかった。

「大丈夫《だいじょうぶ》か？」

すぐ近くから聞こえる声に、ぱちくりと目を瞬《まばた》かせる。そして遅《おく》れて、アリシアは自分がリオンに受け止められたことに気がついた。

顔を上げれば、心配そうにこちらを見下ろす赤い瞳。いつもよりも近い距離にあるそれに、心臓が跳《は》ね上がる。

ドキドキと鳴る鼓動《こどう》に慌ててリオンから離れて、大丈夫だと何度も頷いて返す。

「そうか。それならよかった」

ほっと安心したように顔をほころばせるリオンに、アリシアの頬が自然と熱くなる。

触《ふ》れられたところから伝わる体温を思い出して、なんだか落ち着かない。表現しがたい感覚におろおろとアリシアが視線をさまよわせていると、そっと手が握《にぎ》られた。

「人が多くなってきたな。……このあたりは露店《ろてん》も多いから、小腹も空いただろうし移動するのはどうかな」

繋《つな》がれた手は、また転ばないようにするためなのだろう。そうとわかっているはずなのに、緊張《きんちょう》してしまう。できるだけ平静を装って頷くと、リオンが先導するように歩き出す。

その背中をぼんやりと見つめて、アリシアは胸に宿った不思議な感情に首を傾げる。

（……どうして、こんなに胸がざわつくんだろう）

すぐそこまで答えが出かかっているはずなのに、あと一歩届かない。そんなもどかしさに眉を寄せつつ歩いていると、露店に到着《とうちゃく》したようだ。少し待っていてほしいと言うと、リオンは露店の店主に何やら注文して、すぐに戻《もど》ってきた。

「温かいうちに食べるといいらしい」

差し出されたのは、薄い生地《きじ》に野菜や肉を挟んだもの。

香《こう》ばしい匂《にお》いを漂わせているそれに、アリシアは先ほどまで考えていたことを頭の隅《すみ》に追いやり、まだ温かい生地をほおばった。

(おいしい)

もちもちと柔らかい生地に、シャキシャキとした歯ごたえを感じさせる野菜。そして何層にも重ねられた肉に絡《から》んだソースが、絶妙《ぜつみょう》な味加減で舌を刺激《しげき》してくる。

ぱくりともう一口。そのたびに広がる味と温かさに、思わず頬が緩《ゆる》む。

(本当に……私の知らないものばかりだ)

綺麗な景色に、美味《おい》しい食事、それから人々を笑顔にし、明るい気持ちにさせる音楽。

教会にいた頃は考えられなかった日々に、知らず心が躍《おど》った。


それから、青々と茂る芝《しば》に色とりどりの花が咲き誇《ほこ》る広場。いくつもの商店が並ぶ通り。大きな門に隔《へだ》てられた王城。各所を回り、最後に訪《おとず》れたのは、王都の中央に聳《そび》え立つ時計塔《とう》。

赤く染まりはじめた空を貫《つらぬ》くほどに高い塔の頂上には、下から見てもわかるぐらい大きな鐘《かね》が吊《つ》り下げられている。

「朝昼晩の三回、鐘を鳴らすことになっているんだ」

時計を持ち歩いている市民は少ない。だから、どこにいても音が聞こえるように、大きな鐘が取りつけられたのだという。

「鐘つき以外は立ち入ることを禁じられているから間近では見せてあげられないが……その一歩手前までなら上る許可を得ている。よければ見ていかないか？」

高いところから見る王都は、街中を歩くのとはまた違った様相を見せてくれるのだと語るリオンに、アリシアはこくりと頷いて返した。

そうして時計塔の階段を上りきり、眼下に広がる光景に息をのんだ。

遠くまで広がる街並み。夕日に照らされ、赤とオレンジに染まった家々が、まるで宝石のように輝いている。吸いこまれそうな光景に見入ると同時に、慣れない高さに足がすくむ。

降りられなくなると困るからと木に登ったことすらないアリシアにとって、ここまで高い場所から見下ろすのは初めての経験だった。

「ほら、あれが今日行った噴水広場だ」

気を抜《ぬ》けば落ちていきそうな感覚に襲われながら、おそるおそる示された先を見る。

王都は歪《いびつ》な円形をしていて、時計塔を中心に十字に大きな通りが伸びている。示された噴水広場は、西側の中央寄りにあった。

「それからあちらが――」

次々と、今日訪れた場所を指差しながらリオンが教えてくれた。

王城は北側の一番端《はし》、はみ出た小高い丘《おか》の上。商店の並ぶ通りは南側。ドレスを購入《こうにゅう》した仕立屋は時計塔近く。

そうして指の先を目で追っていると、王都を半分に割った上のほう――王城に近い区画には大きな建物が並び、時計塔よりも南側には細々とした建物が密集していることに気がついた。

「誰《だれ》が名付けたのかは知らないけど、あちらは貴族街と呼ばれているんだ。社交期にしか訪れない貴族もいるから、実際に住んでいるのはその半分にも満たない」

示されたのは、上半分の大きな建物が並ぶ区画。おそらく下半分には、それ以外の人が住んでいるのだろう。

「まあ、地代がだいぶかかるから貴族以外は買わないってだけで、貴族しか住んではいけないという決まりはない。実際に商売に成功した商人が一棟《いっとう》ほど買ったこともある」

明確に区別したわけではないが、住み分けていった結果、今の形に落ち着いたらしい。

リオンの説明を聞きながら、深く息を吐《は》き出す。隣から聞こえてくる落ち着いた声色《こわいろ》に、少しずつ緊張が解けていくのを感じた。

（すごい）

そうして浮かんだのは、たった一言。

「気に入ってくれたのならよかった」

その一言を文字で伝えると、リオンの顔がほころんだ。

楽しませたい、喜ばせたいという感情が彼から伝わってくる。アリシアを見下ろす赤色の瞳はどこまでも優しくて、アリシアの口元にも自然と笑みが浮かぶ。

（神様、ありがとうございます）

教会にいたときは一度もこんな目を向けられたことはなかった。

全員どこか冷たく、アリシアに気を許してはいけないという強い意志を持っていた。

だからアリシアにとって世界はそういう風に――自分が受け入れられるようにはできていないのだと思っていた。

それなのに今そばにいるのは優しい人ばかりで、誰もアリシアを恐《おそ》れたり嫌《きら》ったりしていない。

（だけどそれは、私を聖女だと思っているから……）

忘れてはならない前提を思い出し、アリシアは気持ちが沈《しず》むのに合わせて視線を落とした。本当に、聖女であればと願わずにはいられない。聖女でなくても彼らのためになろうという決意は変わらないが、アリシアが聖女でなければ彼らの態度は変わるだろう。

優しい声が、目が、温《ぬく》もりが失われるかもしれないと思うだけで、胸に重いものがのしかかり、鈍《にぶ》い痛みが襲う。

「……アリシア?」

顔をこわばらせているアリシアに、リオンが心配そうな目を向けてくる。

もしもアリシアに宿っているのが奇跡《きせき》ではない恐ろしいものだとしたら――そして彼らがそれを知ったら、今と同じように接してくれるだろうか。

この温かい目が、修道女たちと冷たく、厳しい、別の何かを見る目を向けてくるようになるのではないか。

(そんなこと、これまで考えたことなかったのに)

嫌われたくないと思ってしまう。ずっとこんな関係が続けばいいのにと願ってしまう。

マティアスに助けられてから。様々なことを学び、体験した。アリシアの世界は広がり、知らなかったことを知った。

だけど知れば知るほど、知らないことが増えていく。初めて抱《だ》いた感情の置き場も、自分の行く先もわからない。

押《お》しつぶされそうな不安に、視界が揺らぐ。このままでは泣いてしまいそうだと思った瞬間《しゅんかん》、声が届いた。

「もしも何か……悩みがあるのなら、教えてほしい」

石造りの床《ゆか》に膝《ひざ》をつき、覗きこむようにアリシアの顔を見上げるリオン。

その声も瞳も、いつもと変わらず優しく、温もりに溢《あふ》れている。

「解決するまで聞き続ける。助けがほしいのなら、できる限り助力すると約束しよう。だからいつでも、頼《たよ》ってほしい」

あまりにもまっすぐな赤い瞳。その中に映るアリシアの顔は、情けないぐらい歪《ゆが》んでいる。

ぎゅうと胸が絞めつけられる感覚に、思い出すのははるか昔に言い聞かせられた、声に魔《ま》を抱く者の末路。

『いいですか。アリシア様』

何度も何度も読んだ絵本。一番最初に読み聞かせてくれたのは、老齢《ろうれい》の修道女だった。

彼女の手によってめくられていく絵本と語られる言葉の中には、王子様がいて、お姫様《ひめさま》がいて、魔女《まじょ》がいて――そして人魚がいた。

『人魚の声は人を惑《まど》わせると言われています。アリシア様と同じ名前を持つ彼女もまた、魔をその身に宿しているのです』

淡々《たんたん》とした声色と共にページがめくられていく。最後に出てきたのは――。

『魔性《ましよう》を宿した者は恋《こい》をすると死ぬ――そう運命づけられているのです』

泡《あわ》になって消えていく、王子様に恋した人魚。そして、自らに訪れるかもしれない最期《さいご》。

(死にたく、ないのに)

ただそれだけを思い、助けてほしいと願い、駄目《だめ》だとわかっていたのに歌を紡《つむ》いだ。

だけど、無駄《むだ》な努力だった。遅《おそ》かれ早《はや》かれ、辿《たど》る道は同じだったのだと思い知らされる。

(どうして外の世界はこんなにも……温かいの)

これまでずっと夢見てきた外の世界は、想像の何倍も素晴《すば》らしいものであふれていた。

美しい風景に、心に響《ひび》く音。そして、優しい人たち。

目にしたもの、聞いたもの、触れたものすべて、胸が苦しくなるぐらい眩《まぶ》しくて、心地よくて、温かった。焦《こ》がれずにはいられないのだと、気づいてしまうぐらいに。

第三章

CHAPTER THREE

リオンはアリシアと初めて出会った——といえるのかは定かではないが——雪の日から、どうにかして自分を助けてくれた歌の主に会えないかと模索《もさく》し続けた。

会って、礼を言って、そして願わくはよい関係を築きたい。そう思って、何度もクロヴィス邸《てい》を訪れては気心の知れたマティアスの名を借りて、あらゆる手段を講じた。

あのとき聞こえた歌を再現し、心当たりのある者を探そうとしたこともある。

だが名だたる歌手の情熱的な歌声も、著名な演奏家の洗練された音色も、あの歌には遠く及《およ》ばず、どうやっても再現することはできなかった。

歌にまつわる話だけでなく、音や、果ては絵画まで。関係ありそうなものはかたっぱしから調べ尽くし、マティアスが芸術に傾倒《けいとう》しているという噂《うわさ》が立つほど熱心に行動しても成果は得られなかった。

そうして万策《ばんさく》尽きかけた頃、リーリア教の聖女の噂が聞こえてきた。

奇跡のような歌。神秘的な歌。奇跡を起こす歌。聞こえてくる話のどれもが、あの日に聞いた歌に重なった。

歌の主が聖女である可能性はずっと頭の片隅《かたすみ》にあった。死にゆく体を癒《いや》すだけでなく、抱いていた絶望を、悲しみを、あの歌は温かく包みこんだ。それを奇跡——神の管轄《かんかつ》とも呼べる所業だと思わないわけがない。

それなのにリーリア教に問い合わせなかったのは、聖女に助けられたと公言できる立場になかったからだ。

聖女が現れなくなってから百年。その間、王家はリーリア教に頼ることなく民を率いるのだと公言し、実行し続けた。

もしもリーリア教が百年前の行いを悔《く》い改《あらた》めているのなら、手を取り合う未来を考えることもできただろう。

だが、かつての権威《けんい》を失い、何度か教皇が代替《だいが》わりしても、百年前とさして変わってはいない。明確な証拠《しょうこ》こそないが、救いを求める民を甘言《かんげん》に乗せ、私欲を満たしているのは明らかだった。

そんな中で王族であるリオンが聖女を探しているのだと、聖女らしき人物に助けられたのだと公表すれば、リーリア教はそれを口実により多くの信者を集めようと——過去の栄光を取り戻そうとするだろう。

王家がリーリア教の復権を認めたと言い出す者もいるかもしれない。

だから、聖女の可能性を頭から追い出した。

リーリア教が見つけてない聖女であれば、友好関係を築いても問題ない。もっと別の何かであれば、憂《うれ》えることはないのだと自らに言い聞かせ、探し続けた。

だがそんな淡《あわ》い希望が叶《かな》うことはなく、あのとき助けてくれたのが聖女だと確信したリオンは会うことを諦《あきら》めた。

いずれはリーリア教を糾弾《きゅうだん》する日が来る。聖女も関与《かんよ》していれば、彼女は間違《まちが》いなくリオンを恨《うら》むだろう。関与していなかったとしても、心に傷を負わせることに変わりない。信じていた者に裏切られる痛みをリオンはよく知っている。あの絶望を与《あた》えることになるとわかっていながら近づくことはできなかった。

だがそれでも完全に断《た》ち切ることはできず、リオンは聖女に関する文献《ぶんけん》を読み漁《あさ》り、聖女と記された書物であればなんでも手に入れた。ほんのわずかでもいいから歌の主について知りたくて。

そしてただひたすらに、聖女が幸せであることを願った。たとえ難しくても彼女の心が安穏《あんのん》に包まれることを祈《いの》り続けていた――弟のヴァリスが城を飛び出すまでは。

聖女を妃《きさき》に迎《むか》えるなんて目論見《もくろみ》が成功する可能性は低い。リーリア教からしてみれば、歌の主は長年待ち望んでいた聖女だ。そうやすやすと手放すことはないだろう。

そう思ってはいても、ヴァリスの帰還《きかん》を心穏《おだ》やかに待ち続けることはできなかった。

もしもヴァリスが聖女を連れて戻ってきたらどうするのか。初対面のように笑えるのか。

彼女の歌を間近で聞くヴァリスに温かい目を向けられるのか。ふたりを祝福できるのか。

胸が苦しくなるような考えばかり浮かび。気づけばクロヴィス邸に逃《に》げていた。

落ち着かない心を落ち着けようと、静かな部屋でひとり考えに耽《ふけ》ろうとしていたところで——あの日から十二年が経《た》ってようやく、巡《めぐ》り会《あ》った。

偶然《ぐうぜん》か、あるいは奇跡か。それとも神の計らいか。

理由はなんでもいい。リオンにとって大切なのは、ずっと探し求めていた相手に出会えたことだけだった。


「だから、俺はある意味では彼女を外に出してくれたお前に、感謝すべきなのだろう」

クロヴィス邸の地下。ちらちらと揺《ゆ》れる燭台《しょくだい》の灯《あか》りしかない薄暗《うすぐら》い通路に、リオンの小さな呟《つぶや》きが落ちる。

会うことはないとずっと思っていた。会えたとしても親しくはなれないと思っていた。

だが実際には、なんのしがらみもなく出会い、あの日の感謝を告げ、一緒《いっしょ》に出かけることもできた。もしもリーリア教がアリシアを手放していなければ、今のような関係を築くことはできなかっただろう。

「だが、礼を言うつもりはない。何故《なぜ》かはわかっているだろう？」

リオンの厳しい声は目の前にある鉄格子《てつごうし》の奥《おく》に向けられている。

そこにいるのは修道服をまとった女性。彼女の手と足は無骨な鎖《くさり》で繋がれ、立つことすらままならないはずなのに、彼女の顔には痛みも苦しみも浮かんでいない。

「すべては神の思《おぼ》し召《め》しです」

代わりに刻まれているのは穏やかな微笑《びしょう》。牢《ろう》の中にいることも、鎖で繋がれていることも感じさせないその笑みに、リオンの眉間《みけん》に皺《しわ》が寄る。

「神が聖女を殺めよと命じたのか？」

「いいえ。神は何も語りはしません。ただ私たちに手を――聖女を差し伸べてくださるだけなのです。救いを求める者に、救いをくださるのです」

「ならばどうして、救いであるはずの聖女を害そうとした。神ではないと言うのなら、誰の差し金だ」

「すべては神の思し召しでございます」

笑みを崩さない修道女に、リオンは何度目になるかわからないため息をこぼす。

マティアスが彼女を捕《と》らえてから、じきにひと月が経つ。だが万事《ばんじ》がこの調子で、成り立つ話すら成り立たない。

しかも声を荒《あら》らげ、圧をかけようとすれば祈りはじめる。

神よ、この者をお許しください。神をも恐れぬこの者を、といった具合に。

(まったく、忌々《いまいま》しい)

ようやく会えたと思った彼女が、一歩間違えれば——ほんのわずかでも遅れていれば死んでいたと聞かされたときは、はらわたが煮《に》えくり返る思いだった。

だが私刑《しけい》は認められていない。どれほど憎々《にくにく》しく思っても王家の一員であるリオンはもちろん、公爵家《こうしゃくけ》当主であるマティアスも法を犯《おか》すことはできなかった。

体に傷が残るような尋問《じんもん》も後々を考えたら避けるしかなく、こうして神がどうのといった戯言《たわごと》を聞く羽目になっている。

(助けを得られるとでも思っているのか)

修道女は恐れすらにじませていない。ただ妄信に近い信仰心《しんこうしん》を抱いている。

だがその信仰《しんこう》の対象は、神ではないはずだ。

もしも神を崇《あが》めているのであれば、神の寵愛《ちょうあい》を受けていると言われる聖女を傷つけて、平然としていられるはずがない。胸を痛めなくても、神の怒りを恐れるぐらいはするはずだ。

（ならやはり、信じているのは神ではなく、リーリア教か）

だがリーリア教のほうは修道女を重視していない。

行方《ゆくえ》知れずとなったにもかかわらず、捜索《そうさく》している様子はなかった。

かろうじて年若い少女を捜しているという話は入ってきたが、探しているのは聖女——

アリシアのほうで、共に消えた修道女を気にかけてはいない。

（突《つ》くとしたら、そこしかないな）

信仰心というものは実に厄介《やっかい》な代物《しろもの》だ。

捨てさせることは難しく、圧をかければ反発し、よりいっそう強固になる。

「話さないと言うのならば好きにしろ。精々、光と音を与えてもらえるよう祈るがいい」

燭台に灯《とも》る火を消し、リオンは暗闇《くらやみ》に閉ざされた地下牢《ちかろう》を出た。そのうしろで、扉《とびら》が重い音を立てて閉められる。

地下牢に窓はなく、重々しい扉だけが外に通じている。

扉を閉ざせば、音も光も届くことはない。

（だが、その程度では屈《くっ》しないだろうな）

冷たい床は体を蝕《むしば》み、暗闇は心を蝕む。それでも修道女は固く口を閉ざすだろう。

リーリア教を心の底から信じているからこそ、何も語らない。

だが思いが強ければ強いほど、裏切られたときの反動は大きくなる。

ならば今は、情報を収集するに徹《てっ》して、備えるべきだろう。

(あとは、あちらからどの程度情報を引き出せるか……)

頭に浮かぶのは、ヴァリスが連れて帰ってきた女性。カミラと名乗った彼女は、聖女と呼ばれることになんの抵抗《ていこう》も示さず、受け入れていた。

何をどこまで知っているのかはわからないが、己《おのれ》が代役であることは重々承知しているはずだ。

(糾弾する材料は多いに越《こ》したことはないからな)

リーリア教は昔ほどではないが民心を集めはじめている。無理に手を出せば、民の反感を買うことは免《まぬが》れない。必要なのは、民が納得《なっとく》するだけの理由。

(あとの問題は……)

リーリア教のことは頭が痛い問題ではあるが、今のリオンにはまた別の悩みがあった。

ため息を落とし、階段を上った先で――揺れる白い髪《かみ》が視界の端に映る。

「あ」

金色の瞳《ひとみ》と一瞬《いっしゅん》だけ視線が交差し、彼女の名前を呼ぼうと声を出すが、たった一音発しただけで、相手は身を翻《ひるがえ》して走り去ってしまった。

その背を追いたい衝動《しょうどう》に駆《か》られながらも、リオンはどうにか足を止める。

（……目が合ったと思ったのは、俺の気のせいか。そうだ、そうに違いない）

そう自分に言い聞かせてみるが、違うことはよくわかっている。

何しろここ数日、ずっとこの調子だ。さすがに真正面から顔を合わせれば逃げられることはないが、彼女《かのじょ》の目はリオンをすり抜け、その先にある壁《かべ》を見ているかのようだった。

（何かした覚えはないのだが……）

王都の散策は問題なかったはずだ。あれやこれやと連れまわしてしまったが、楽しんでいる様子だった。

時計塔では少し様子がおかしかったが、彼女の気を損《そこ》ねるようなことはしていないはず。まったくといっていいほど心当たりが思いつかず、リオンはうんうんと唸《うな》りながら首を捻《ひね》った。

リーリア教のことは頭の痛い問題ではあるが、今すぐどうこうできるわけではない。

そのため今のリオンにとってはアリシアに――何年も捜し続け、会いたいと願い、ようやく巡り会えた相手に避けられていることのほうが大問題だった。

◇◇◇

王都を散策してから早一週間。アリシアは柱の陰《かげ》で頭を抱《かか》えていた。

（どうしよう。逃げちゃった……）

つい先ほど、リオンと目が合い――とっさに逃げてしまったことを思い出して、アリシアはうぅっと心の中でうめく。

気づかれていないといいが、その可能性は低い。あの赤い瞳とばっちり目が合っていた。

（気を悪くしたかな。でも……）

恋をして、死にたくないと思ってしまった。

リオンに恋をしたわけではないはずだ。もしもそうなら、すでに命を落としている。

ただ、確信してしまった。外の世界は想像していた何倍も素晴らしくて、輝《かがや》きに満ちていて、いつまでも恋をしないままではいられないのだと、わかってしまった。

誰かを愛さずにはいられないほど、駄目だとわかっているのに恋をしてしまうほど、この世界は温もりに満ちているのだと知ってしまった。

それを強く意識させたリオンとはどうにも顔を合わせづらくて、避けてしまっている。

（だけど、このままじゃ駄目だよね）

そうは思うのに、どうすればいいのかわからない。

ナイフが腕《うで》をかすめただけで、泣きたくなるほどの痛みが走った。

死にたくないと、助けてと願った。同じ思いを二度と味わいたくはない。

そして何よりも死ねば、みんなと別れることになる。

マティアスとローナにリリアン。それからリオンとも、会えなくなる。

押し寄せる不安と恐怖《きょうふ》に、アリシアはぎゅっと胸元《むなもと》で手を握り、立ち上がった。

(あれ……ここ、どこだろう)

そして、きょろきょろと辺りを見回して首を傾《かし》げる。

アリシアのそばには誰もいない。世話役であるローナとリリアンすらいないのは、アリシアがひとりで部屋を出たからだ。

これまでの習慣のせいか一日に一回は散歩しないと落ち着かず、だけどローナもリリアンも忙《いそが》しそうにしていたので、ひとりで大丈夫だと告げて部屋を出た。

ふたりも遠くに行かないのならと考えてくれたようで、快く送り出してくれた。

実際、部屋のそばを散策したらすぐに戻るつもりだったのだが、思いがけずリオンと出会ったことで動揺《どうよう》し、いつの間にか見知らぬ場所に迷いこんでしまったようだ。

目の前に広がるのは、先が見えない長い廊下《ろうか》。左右の壁には扉がいくつも並んでいる。

だけどそんな場所、クロヴィス邸にはいくらでもある。飾られている美術品から何かわからないかと眺《なが》めるが、どれも見覚えがない。

何やらよくわからない造形の壺《つぼ》や、何が描《えが》かれているのかもわからない抽象的《ちゅうしょうてき》な絵画。あまりにも特徴的《とくちょうてき》すぎて、部屋のそばに飾られていたのなら間違いなく覚えているはずだ。

（とりあえず……部屋の近くじゃないって、ことだよね）

ならばここはいったいどこなのか。ううんと首を傾げていると、うしろから「どうかされましたか？」と声をかけられた。

（ええと、たしか……）

くるりと振《ふ》り返ると、訝《いぶか》しげな顔をした老年の男性が立っているのが見えた。執事長《しつじちょう》で、名前はアルフだと思い出したのは一拍置《いっぱくお》いてから。

マティアスのそばにいるのはよく見るのだが、アリシアと話したことはほとんどない。わかるのは、厳しそうな人だということぐらい。

（迷子だって言ったら、呆れられるかな）

少し悩んでから、アリシアは文字表を広げて自分の現状をアルフに伝えた。呆れられるかもしれないが、背に腹は代えられない。部屋に戻れないことのほうが大問題だ。

「なるほど……かしこまりました。それではご案内させていただきます」

きっちりとした礼をして、アルフはアリシアの前を歩きはじめた。そのうしろを追うアリシアだったが、なんとも表現し難《にく》い美術品の数々が視界に入り、どうしても意識してしまう。

（あれは……なんだろう）

壺のようにも見えるが、壺の口が長く伸《の》びてぐるりと一回転した先にある。何かを差すことも入れることも難しそうだ。

「……旦那《だんな》様《さま》は芸術に目がないと思われているそうで、時折独創的なものが贈《おく》られてくるのです」

困惑《こんわく》しているアリシアに気づいたのか、アルフが淡々とした口調で言う。

できる限り感情を出さないように気をつけているようだが、目じりに疲《つか》れが見えた。

おそらく、贈られてきたものを飾《かざ》るのはアルフの担当なのだろう。

それからはどちらも何も言わず、ただ黙々《もくもく》と歩いていたのだが、見慣れた扉が見えたところでアルフの足が止まり、くるりとアリシアのほうを向いた。

「最初は歌で、それから様々な方面に手を出すようになりました。リオン殿下《でんか》の指示によるものでしたが、旦那様の名前を使われていたので……このような形に」

声色は変わっていない。だけど気遣《きづか》いを感じさせる声と目で話の続きを語りはじめたアルフに、アリシアはぱちくりと目を瞬かせる。

歌とリオン。そのふたつが意味するのは——浮《う》かんだ予想に、アリシアはそっと視線を落とした。

「今にして思えば、あなた様を捜しておられたのでしょう」

そして予想を裏付ける言葉が告げられ、どうしようもなく苦しくなる。

「改めてお礼申し上げます。お嬢様《じようさま》の忘れ形見であるリオン殿下をお救いくださり、誠《まこと》にありがとうございました」

深く腰《こし》を折るアルフにアリシアは慌《あわ》てて首を振った。

感謝されるほどのことをしたつもりはない。だけどアルフはアリシアの所作を謙遜《けんそん》と受け取ったのか、彼《かれ》の顔がわずかにほころんでいる。

「それではこちらで失礼いたします」

アリシアの部屋を手で示してから立ち去るアルフの背中を見送りながら、アリシアは動けずその場に立ち尽《つ》くした。

（どうしよう）

優《やさ》しくしてくれたことは嬉《うれ》しいはずなのに、胸が苦しい。親切にされればされるほど、真実を告げたあとが怖《こわ》くなる。

（いつかは言わないといけないとわかっているけど……）

そのために文字を学んだはずだった。だけど彼らの優しさと温かさを知ったからか、変わることが恐ろしくなった。

どうすればいいのか。いくら考えても答えの出ない問題に頭を抱えながら扉を開けると、中にいたリリアンが明るい笑顔で出迎《でむか》えてくれた。

「アリシア様。お待ちしておりました」

そう言う彼女の腕には、小さな籠《かご》が下がっている。どうしたのだろうと首を傾げるアリシアに、リリアンが満面の笑《え》みを浮かべながら籠を差し出してきた。

「リオン殿下に、今日はもう帰るから渡《わた》しておいてほしいと頼《たの》まれました」

籠の中に入っているのは、桃色《ももいろ》の包装紙に包まれた焼き菓子《がし》。

王城の料理人が作ってくれたらしいとリリアンが説明してくれるのを聞きながら、包装紙にちょこんと付いた小さなメッセージカードに目を通す。

（ええと……願うと……幸福……）

あなたが幸せでありますように。そう書かれた文章に、ぎゅっと胸が締《し》めつけられる。

（やっぱり、このままじゃ駄目だ……）

リオンはアリシアを捜してくれていた。あの雪の日からずっと、アリシアのことを考えてくれていた。

出会ってからはずっと優しくしてくれて、リオンからしてみれば理由もわからず避《さ》けられている今も、変わらず温かい気持ちで接してくれている。

深く息を吸い、意を決したようにリリアンを見て、文字表を指差す。

抱いた不安をすべて明かすことはまだできない。

それにリオンと顔を合わせて平気でいられる自信もない。

だけど、どうしても伝えたい言葉がある。そして直接でなくても伝えられる手段が、今のアリシアにはある。

用意してもらったペンを手に取り、ゆっくりと紙の上に滑《すべ》らした。


何度か書き損じては書き直し、もっといい文書があるのではと思いなおしたりして――

気づけば二日が経っていた。

ようやく完成した手紙を封筒《ふうとう》に入れると、見守ってくれていたローナとリリアンがほっとしたように笑みを零《こぼ》した。

「お疲れ様《さま》です。そちらは……どうされますか?」

直接渡すか、誰かに届けてもらうか。アリシアは少し悩《なや》んでから、封《ふう》をした二通の手紙のうち一通をローナに手渡《てわた》した。

リオン宛《あ》てのものだ。王城に届けるか、リオンが訪ねてきたときに渡すかはローナに任せることにした。

もう一通は、マティアスに宛てたもの。彼には助けられて、世話にもなっている。だからリオンに手紙を書くのならマティアスにもと思って、少しだけ文章を変えた手紙を二通用意した。

(これは、私が渡したいな)

マティアスはいつもこの時間は執務室《しつむしつ》で仕事をしている。

手紙を大切に抱えながらひとつ頷《うなず》くと、ローナは「かしこまりました」と頭を垂れた。

(もっと字を書くのが早かったらなぁ……)

そうすれば、ローナとリリアンに宛てた手紙も書けただろう。だけど四人分の手紙を書き上げるには、まだまだ時間がかかりそうだった。

そんなことを考えながら、ローナに手伝ってもらって身支度《みじたく》を整え、執務室に向かう。

コンコンと扉を叩《たた》き、中から返ってきた声に部屋に入り――そこにいた予想もしていなかった客人に、アリシアは顔をこわばらせた。

「アリシア？　何かあったのかな？」

ゆるりと首を傾げるマティアスにぎこちない笑みを返しながら、彼と向かい合うように座《すわ》るリオンに視線を向ける。

輝くような金色の髪。その下では赤い瞳がぱちくりと瞬《まばた》いていた。

「アリシア様よりお届け物です」

答えるローナにアリシアもおずおずと頷く。できるだけ平静を装《よそお》いながら。

（ど、どうしよう）

だけどその内心は大混乱に陥《おちい》っている。

顔を合わせるのはまだ早いと思って手紙を用意したのに、会ってしまった。だけどここでなんでもないと立ち去るのは、不自然すぎるし、失礼すぎる。

「アリシア。会えてよかった」

嬉しそうに顔をほころばせるリオンに、どんな顔をして返せばいいのかわからない。

アリシアはこくこくと頷きながら、なるべく意識しないようにリオンからマティアスに視線を移す。

そして、手に持っていた手紙を差し出した。

「これは……？」

「手紙です」

飾り気《け》も何もない白い封筒を前にして首を傾げるマティアスにローナが答えると、見ればわかるというように彼の口元に苦笑《くしょう》が浮かんだ。

だがそれ以上は何も言わず、マティアスは微笑《ほほえ》みながら手紙を受け取った。そしてゆっくりと封が解かれ、中から一枚の紙が出てくる。

(大丈夫《だいじょうぶ》かな、読めるようになったとは思うけど……)

綺麗《きれい》な――とまではいかないが、解読できる程度にはなったはずだ。少なくとも、これはなんだろうと首を傾げることはないはず。

そうは思うが、こうして読まれると不安が募《つの》る。それに問題は、文字だけではない。

(もっとたくさん書いたほうがよかったかな)

短い言葉を書くので精一杯《せいいっぱい》だった。

文法やら作法を気にし出したらキリがなく、いつまでも完成しない気がしたのだ。

だから結局、助けてもらえたことと、世話になっていることに対する感謝の言葉と、これからもよろしくお願いします、という一文だけになってしまった。

「ありがとう。大事にするよ」

一瞬で読み終われるほど短い文章のはずなのに、マティアスはじっくりと眺めてから笑みを浮かべ、手紙をふところにしまった。

本当に優しい人だと思い、アリシアの顔に喜色が浮かぶ。

それを見ていたローナも微笑ましいものを見るような目をしていて——なんとも穏やかな空気が流れる中、リオンだけが拗《す》ねたように口を尖《とが》らせていた。

「アリシア……その、俺《おれ》にもあったりしないか？」

声はどこか不安そうなのに、彼の目はまっすぐにアリシアを見据《みす》えている。アリシアがぎゅうと唇《くちびる》を固く結びながら小さく頷くと、合わせたようにローナが一歩前に出た。

「こちらにございます」

そう言って差し出された手紙に、リオンの目が見開かれる。

聞いてはみたが、本当にあるとは思っていなかったのだろう。

リオンは手紙を受け取りまじまじと目を通すと、嬉しそうに顔をほころばせた。

「こちらこそありがとう。これは後生大事に保管しておくよ」

中に書かれているのはこれまでのお礼と、これからもよろしくという文章に、リオンから贈られたのと同じ、幸福を願うメッセージを添《そ》えた。

本当に短い手紙なのにリオンは大切そうに扱《あつか》っている。そのことにアリシアはこそばゆさを感じて、小さく笑みを返した。

（今度書くときは、もっとしっかりしたのを書きたいな）

顔を合わせづらい。そう思っていたのが嘘《うそ》のように胸が温かくなり——頭の奥で警鐘《けいしょう》が鳴る。これ以上踏《ふ》みこむのはよくない気がして、アリシアはふるりと頭を振った。

湧《わ》き上がりそうになった何かを振り払《はら》って、意識をマティアスとリオンに向ける。

「本当は毎日でも遊びに来たいところなのだが……マティアスに駄目だと言われてしまったからな」

「遊び歩くと宣言されて、了承《りょうしょう》できるはずがないでしょう」

呆《あき》れたように言うマティアスと不満そうに眉《まゆ》をひそめるリオン。いつもと変わらないふたりのやり取りに、必死に集中した。余計な考えが浮かばないように。

「ああ、そうだ」

そして不意に、マティアスの目がアリシアに向いた。

「無事に養子縁組《えんぐみ》の書類が受理されたよ」

唐突《とうとつ》に告げられ、アリシアの金色の瞳が瞬く。

(そういえば、書類が受理されたらって前に言っていたような)

マティアスの子供になると決めてからこれまで、あまりにも自然にクロヴィス家の一員として扱われていたのですっかり忘れていたが、アリシアはまだマティアスの子供として正式に認められたわけではなかった。

だけど受理されたということは、つまり――。

「改めて、よろしく頼むよ。私の可愛《かわい》い娘《むすめ》、アリシア・クロヴィスとしてね」

温かい笑みと言葉に、アリシアは何度も頷いて返す。

そのときにはすでに、先ほど浮かびかけた考えも抱きかけた思いも消え去っていた。

手紙を渡した数日後。ローナと庭園を散策し部屋に戻《もど》ったアリシアは、机の上に置かれたものを見て首を傾げた。

部屋を出る前にはたしかに何もなかったはずなのに、今は綺麗に飾られた花が一輪置かれている。

赤く大きな花弁を開かせた見事な花に視線をさまよわせていると、寝室《しんしつ》を整えていたリリアンがひょっこりと顔を覗《のぞ》かせた。

「アリシア様。お帰りなさいませ！　あ、そちらはつい先ほどリオン殿下から贈られたものです」

なんてことのないように言われ、アリシアの顔が一瞬でこわばった。助けたお礼はドレス一式で話がついたはずだ。なのにどうして贈り物なんて――そんなアリシアの考えを読むように「手紙のお礼だそうです」とリリアンが続けた。

「王城の庭園で一番綺麗に咲《さ》いた花を持ってきてくれたそうですよ」

屈託《くったく》なく笑うリリアンに、アリシアは目を瞬かせながらもう一度花に目を向ける。

（あの手紙の、お礼……？）

感謝を綴《つづ》っただけの短い手紙にまさかお礼が返ってくるとは思いもしなかった。

これはいったいどうすればいいのだろうと悩みながら、紙とペンを手に取る。贈り物を貰《もら》ったのだから、礼を言うべきなのだろうかと考えて。

（でも、手紙のお礼なら……もしかしてこの手紙にもお礼がきたりするのかな）

ふとそんな考えが浮かび、さすがにそれはないかと苦笑しながら、文字表を広げる。

（ええと……お花、とそれから……綺麗……）

言葉の組み合わせ、文字の組み合わせを必死に考えながら、前にも書いたお礼の言葉に『綺麗なお花』と付け加えた手紙をローナに託《たく》した。


——そしてさらに数日後、アリシアの予想は的中した。

またもや部屋に贈り物が届いていた。今度は熊を象《かたど》ったぬいぐるみ。

茶色い毛並みに、首元を飾る赤いリボン。愛らしい顔つきをしたぬいぐるみは、抱きしめると柔《やわ》らかく手触《てざわ》りもいい。

(かわいい)

これまで感じたことのない抱《だ》き心地《ごこち》に頬《ほお》が緩《ゆる》む。抱きしめたり撫《な》でたりを繰《く》り返したあと、ぬいぐるみを膝《ひざ》の上に置いて、ペンを手に取る。

(ええと、ぬいぐるみ……熊の、とかつけたほうがいいのかな)

必死に文面を考えながら、絵付きの辞書をぱらぱらとめくってお礼の手紙を書き——数日後、宝石のように輝く赤いジャムが載った焼き菓子が贈られてきた。

(お礼のお礼のお礼……?)

いつまでも終わりそうにない贈り物に、さすがに困惑してしまう。

嬉しくないわけではない。むしろ、嬉しく思ってしまうからこそ困ってもいるのだ。

こんなに優しくしてもらっているのに直接お礼が言えない申し訳なさと、どうにもならない焦燥感《しょうそうかん》が胸の中に積もり続ける。

(どうすればいいんだろう)

いくら考えても答えは出ない。いっそ手紙を書くことをやめようかとも思ったけれど、それはそれで違《ちが》うような気がしてペンを走らせる。

きっとこれにもお礼が届くのだろう。そんな予感を抱きながら。

その予想どおり、リオンの贈り物は続いた。色鉛筆《いろえんぴつ》などのちょっとしたものから、髪留《かみど》めやリボンなどの装飾品《そうしょくひん》に、小物を入れるための収納箱。

そして、最初は贈り物だった花や焼き菓子が、今では毎回のように添えられている。

（なんだか、段々と豪華《ごうか》になっていっているような）

最初は一輪の花だったのに、今では片手では持てないほど大きな花束になっている。

しかもマティアスに用があるのか、以前よりも頻繁《ひんぱん》にクロヴィス邸に訪《おとず》れているため、数日置きだった贈り物が、今では手紙を渡した翌日に贈られてくるようになった。

「あ、今日は絵本みたいですね」

淡い色をした包装紙の中から出てきたのは、数冊の絵本。

厚さも背表紙の色もまちまちだが、どれもこれも綺麗に装丁《そうてい》されている。

（これは……全部読んで、お礼を書いたほうがいいのかな）

だけどそうすると、どれだけ時間がかかるのか。

読んでいる間に次の贈り物が届いてしまうのでは――いやまさか、手紙に対するお礼なのだから、返事をする前に新しいものが贈られることはないはず。

ありえないとわかっているのに抱いた考えが拭《ぬぐ》えずにいると、リリアンがううんと悩むように首を傾げ、それからぱっと顔を明るくさせた。

「とりあえず一冊読んでみましょう。あとのはまた追々ということで、いかがですか？

とりあえずひとつでもいいから目を通しさえすれば、礼儀《れいぎ》は果たしたようなものです」

どれがいいですか、と広げられた絵本に、アリシアは本当にそれでいいのだろうかと思いながら表紙を見比べる。

（あれ……これって）

そしてそのうちの一冊に目を留めた。見慣れた色遣《いろづか》いに、馴染《なじ》みのある絵。

何度も何度も読み返し、覚えてしまった物語。

（ええと、たしか……人魚姫《にんぎょひめ》）

そっと表紙の文字をなぞる。教会にいた頃《ころ》は何度も読んだのに、今では懐《なつ》かしく思えて、そっと手に取り——違和感《いわかん》を覚えて首を傾げた。

（なんだか……少し、違う？）

中に描かれている挿絵《さしえ》も重さもよく覚えている。だけど目の前にある絵本は記憶《きおく》にあるものよりも少し厚く、手に持った重さも違う。

ぱらりと一頁《いちページ》めくると、何度も見てきた挿絵が現れる。だけどさらに頁をめくると、覚えのない挿絵が現れた。しかもひとつやふたつだけではない。

「それが気に入ったのですか？　有名なお話ですよね。もしよければ朗読しますよ」

リリアンはにこにこと笑っていて、違和感も疑問も抱いてはいない。

何かがおかしいと思っているのはアリシアだけのようだ。

（どうして……？）

何度も読み返したのだから、記憶違《きおくちが》いということはないはず。間違いなく、アリシアの知る絵本よりも内容が増している。

アリシアは少し悩んだあと、自分で読んでみるとリリアンに示して、これまで読むことのできなかった文字を目で追った。

◆◆◆

聖女カミラを城に迎えてからだいぶ時間が経っているというのに、いまだに結婚《けっこん》の許可は下りず、ヴァリスは焦《じ》れていた。

「ヴァリス様？　どうかされましたか？」

カミラは相変わらずの美しさで——むしろ、城に来てからはよりいっそう磨《みが》きがかかり、白い肌《はだ》は透《す》き通るようだ。艶《つや》を増した髪を彩《いろど》る宝石や、身にまとうドレスにも負けないほどの輝きが彼女自身にある。

（それなのに、どうして兄上は……）

誰《だれ》もが見惚《みと》れ、羨《うらや》んでもおかしくないというのに、リオンはわずかな動揺すら見せてはくれなかった。

平静を装っているだけだとはわかっているが、悔《くや》しそうな顔が見たかったヴァリスからしてみれば、面白《おもしろ》くない。

「……君とこうして一緒にいられて、思わず夢見心地になっていたようだ」

「まあ」

白い肌を赤く染め、恥《は》じらうように目を伏《ふ》せるカミラは愛らしくも美しい。しかも命の恩人だというのに、どうしてリオンは平然としていられるのか。

ヴァリスはそっとカミラの頬を撫でると、その頬に口づけを落とした。くすぐったそうに体を震《ふる》わせるカミラに、満足そうな笑みを浮かべる。

（まあいい。それでも、彼女はオレのものになるのだから……いつかは満足のいく反応をしてくれるはずだ。だが——）

目の前で仲睦《むつ》まじい様子を見せつけてやれば、いつまでも澄《す》ましてはいられないだろう。

問題は、いつカミラと結婚できるか。

ヴァリスの父親である王は、しっかり吟味《ぎんみ》する必要があるからと保留にしたままで、いまだに音沙汰《おとさた》がない。

（聖女だぞ。奇跡《きせき》が起こせるのだから、ふたつ返事で迎《むか》え入れればいいものを……）

リーリア教ではなく城に置き、聖女の力を王家のために使えばいったいどれだけの恩恵《おんけい》を得られることか。

民心も敬愛も王家に――ひいては、聖女を妃《きさき》に迎えたヴァリスに向けられる。

それがどれほどのことか、わかっていないはずがない。それなのに躊躇《ちゆうちょ》する必要がどこにある。

表面では微笑みながら、内心で苛立《いらだ》ちを募らせていると、ノックのあとに扉が開かれた。

「失礼する。ああ、よかった。ふたりともいるな」

入ってきたのはリオンだ。彼は時折こうして、カミラのもとを訪れる。

（今日も来たのか）

そのたびに、なんともいえない優越感《ゆうえつかん》が湧き上がった。悔しそうにしてくれないのは不満だが、リオンが内心で何を思っているのか想像するだけで胸が躍《おど》る。

彼女の隣《となり》に座り、その手を取れるのは自分だけなのだということが、ヴァリスの笑みをより深いものにした。

「兄上、今日はどうしたのですか？」

「今まで彼女が教会でどう過ごしていたのか教えてもらいたい」

リオンは毎回、教会について知りたいだけだと口にする。

(その程度一度聞けば十分だろうに……何度も訪ねてくるのはやはり気になってしかたないということか)

そう考えて、ヴァリスはリオンに見せつけるようにカミラの肩《かた》を優しく抱き寄せた。

「だそうだが、カミラは構わないか?」

「ええ、もちろん構いません」

ヴァリスの問いかけにカミラは慎《つつ》ましい笑みを浮かべるが、緑色の瞳はリオンに釘付《くぎづ》けになっている。

カミラを訪ねるリオンを見るのは面白いが、リオンを見るカミラの目は面白いものではない。

リオンの容姿が整っているのはヴァリスも承知しているが、ヴァリスだって劣《おと》っているわけではない。それなのに、いつだって人を惹《ひ》きつけるのはリオンのほうだった。

(……いったいオレと兄上で、何が違うというんだ)

リオンとヴァリスは腹違《はらちが》いの兄弟ではあるが、どちらも幼くして母親を失っている。

前妻と後妻という違いこそあるが、どちらの母親も王妃《おうひ》だったはずなのに、城に飾られている女性の肖像画《しょうぞうが》のほとんどはリオンの母親で、ヴァリスの母親の肖像画は手の平よりも小さなものが数点ある程度。

金色の髪をした女性が慈《いつく》しむように赤子を抱きしめている姿は簡単に頭に浮かぶのに、自分の母親の姿は朧気《おぼろげ》にしか思い出せない。

かろうじて黒髪《くろかみ》であることがわかる程度の母親の肖像画が頭に浮かび、ヴァリスは心の中で歯噛《はが》みする。

(どうして、兄上ばかり……)

愛された王妃から生まれた愛された子供。次期王として幼い頃から誰からも賞賛され、愛の中で育った。

その自信が、余裕《よゆう》が、ふたりの間に差を生んだというのなら――それのせいで自分は最初から兄に勝てないというのなら、それはあまりにも理不尽《りふじん》だ。

「それで、リオン様。何をお話すればよろしいですか?」

「そうだな。……教会ではどのように過ごしていたんだ?」

「教会で、ですか。ただ神のために祈《いの》りを捧《ささ》げ、みなさまのためにと心を注いでおりましたので、お話できるほどのことは……」

「……本当にそれだけなのか?」

「もちろんです。食事や睡眠《すいみん》などの生活に欠かせないこと以外の時間はすべて、神のためみなさまのために祈り、救いを求めにきた方にせめてもの慰《なぐさ》めをと歌を歌わせていただいておりました」

「そうか。ちなみに食事はどのようなものを？　ここの食事は教会のものとは違うだろう。口に合っていればいいが」

城の食事は一流の料理人が仕上げている。それなのに口に合わないなんてことがあるものか、とヴァリスは呆れた目をリオンに向けた。

（そんなくだらない話をしてまで、彼女との時間を作りたいとはな）

リオンの涙《なみだ》ぐましさに、先ほどまで抱いていた苛立ちが消えていく。これで王の許可が下りて彼女と結婚できるようになれば、どれほどの喜びが胸を占《し》めるだろう。

今からそのときが楽しみでならなかった。

転機が訪れたのは、それから一週間ほどが経《た》ってからだった。

「ラオンフェイル領で土砂《どしゃ》災害？」

第二王子として――いずれは臣下に降る身として政務について学んでいたヴァリスのもとに、一報が入る。

ラオンフェイル領は山岳《さんがく》地帯の近くにあり、王都からは遠く離《はな》れている。しかも被害《ひがい》に遭《あ》った村は商団が通る道からも外れているからか物資や医師が足りず、助けを借りたいという書状が届いた。

だが医師団を結成したり、物資を用意したりするのにはどうしても時間がかかる。それだけの人数と物を運ぶための馬車も必要になり、ラオンフェイル領に到着《とうちゃく》するのはだいぶ先になるだろう。

ばたばたと慌ただしく、どのぐらいの物資を用意できるか、医師は、道は、馬車は――と駆け回る城内の文官を見て、ヴァリスの顔に笑みが浮かんだ。

ヴァリスはいまだ、どうすればカミラと一刻も早く結婚できるかを悩んでいた。

(この問題を解決に導くことができれば、父上も認めざるをえないだろう)

だからこの機を逃《のが》すまいと、急いでカミラの部屋に向かう。

「あら、ヴァリス様。どうかされましたか?」

きょとんと首を傾げているカミラの手を取って、ヴァリスは彼女と共に城を飛び出した

◇◇◇

教会でアリシアに渡された絵本は、ほんの数ページしかなかった。

声に魔《ま》を宿すと言われる人魚が王子に恋《こい》をして、泡《あわ》となって消える。ただそれだけの物語だった。

だけどリオンから贈られた絵本の中の人魚は、恋に破れ、愛する人を傷つけられず、泡になる道を選んでいた。

結末は変わらない。だけどその過程はあまりに違っている。

「懐かしいですね。子供の頃よく読んだんですよー」

明るい声で話すリリアンの様子からして、おそらくはこちらが正しいのだろう。ならばどうして、教会は抜《ぬ》けだらけの絵本をアリシアに渡したのか。

(恋をすると死ぬって印象付けたかったのかな)

考えられるのは、アリシアの声と人魚――海の魔物《セイレーン》の声を関連付け、辿《たど》る運命をより深くアリシアの胸に刻むため。

想《おも》いが実らず泡になる絵本ではなく、恋をしただけで泡になる絵本に改変し、決して恋をしてはならないと思わせたのだとしたら。想いを抱くことすら禁じようとしていたのなら。

(……恋をすると、どうなるんだろう)

修道女たちが口にしていたとおり、本当に死ぬ――と、これまでのように無条件に信じることはできない。

膝の上に置かれた絵本の重みが、彼女《かのじょ》たちの嘘を物語っている。

(死ぬ以外の可能性があるのなら……知りたい)

答えを得られるだけの知識はない。

アリシアにあるのは、優しくしてくれて、頼《たよ》っていいと言ってくれた人だけだ。

だからアリシアは絵本を胸に抱《かか》え、意を決して立ち上がる。この絵本が届いてからだいぶ時間が経ったから、もう帰っているかもしれない。

それでもアリシアは扉《とびら》のほうに向かい――勢いよく、扉が開かれた。

(え?)

まだドアノブに手すらかけていない。それなのに扉が開き、アリシアの目がぱちくりと瞬いた。

「アリシア!」

そして聞こえてきたのは、今から会いに行こうと思っていた相手の声。

「すまない。君に避けられるのもしかたないとは思うが、だけど俺は君に重荷を負わせるつもりはなかったんだ。俺にとっては助けられたことにそれだけの価値があったのだと言いたかっただけで……それをどう捉《とら》えるかは君次第《しだい》だ。いくらでも気楽に考えてもらって構わない」

赤い瞳《ひとみ》を揺《ゆ》らしながらアリシアの前に跪《ひざまず》き、口早に言うリオンに、アリシアは瞬きを繰り返す。

何を言われているのかわからなかったからだ。

言葉の意味がわからない、ということではない。アリシアにとってはあまりにも突然《とつぜん》で、理解が追いつかなかった。

「もちろん、助力が必要ならば助けるという言葉に偽《いつわ》りはない。本心だ。とはいえ、無理に助けを求めろと言っているわけではない。どうしても君自身の手では解決できない何かがあったときに、頭の片隅《かたすみ》にでも手段のひとつとして置いておいてくれれば――」

なおも言い募るリオンの口の前に人差し指を立てる。少し待て、というように。

ぴたりと口上が止まったのを確認《かくにん》してから、アリシアは文字表を広げ、一文字一文字丁《てい》寧《ねい》に指先で示していく。

アリシアにとって接続詞は難しく、とっさにまともな文章を綴ることはできない。時間をかけて仕上げた手紙とは違い、どうしても武骨で拙《つたな》い問いかけになってしまう。

「なに……あった……。ああ、いや……話の流れで君とのことをマティアスに相談……いや、つまり……俺に落ち度はなかったか、これからどうすればいいのかマティアスに聞いて……俺からしてみれば君は命の恩人だが、君からしてみたらほぼ初対面の男でしかないのにあんなことを言われても困るだけだと、指摘《してき》されたんだ」

だけどそれでも、アリシアの言いたいことが伝わったようだ。

リオンは平静を取り戻し――少なくとも、取り戻すように努めながら――ゆっくりと落ち着いた様子で、言葉を続けた。

「……自分の気持ちばかり押《お》し付けては負担になるとわかっていたはずなのに、そこまで気を回すことができなかった。あのとき言った言葉は本心だから撤回《てっかい》するつもりはないが、君に負担をかけるのも、俺の望むところではない。……だから俺の言葉など気楽に捉えてくれて構わない――そう伝えたかったんだ」

だがゆっくりと落ち着いて話されても、やはりよくわからない。いったいなんの話をしているのか。

アリシアはこれまでリオンの心遣《こころづか》いをありがたいと思いはしても、負担だと思ったことはない。

きょとんと不思議そうにしているアリシアにリオンは少しだけ眉根《まゆね》を寄せ、難しい顔をした。彼も話の噛《か》み合わなさに気がついたのだろう。

「……その、最近あまり顔を合わせる機会がなかっただろう？　何やら憂《うれ》えているようでもあったから、俺の言葉が原因だったのではないかと……思ったのだが……」

そしてアリシアもようやく、リオンの言いたいことがわかった。どうやら、避けていたのを自分のせいだと思っていたようだ。

（それは……ただ、恋をしたら死ぬと思っていただけで……）

リオンのせいではない。だけどアリシアの態度が彼の不安を煽《あお》ってしまった。

アリシアは首を振《ふ》り、それからゆっくりと文字表の上に指を滑らせていく。

声、魔、人魚、恋、死。綴られた五つの文字にリオンの視線が注がれる。

「恋をすると死ぬ……？　……誰がそんなことを……いや、考えるまでもないか」

唸《うな》るような呟《つぶや》きと共にリオンの顔がしかめられる。そしてすぐに、彼の赤い瞳がアリシアに向いた。

「ありがとう、アリシア。悩んでいることを教えてくれて……俺を頼ってくれて。それに思《おも》い悩んでいたということは、つまりそれは俺のことを……もしも、そうなら……」

まっすぐにこちらを見つめていたかと思えば、わずかに顔を赤らめて視線を逸《そ》らし、しかも何やら小さく呟きはじめるリオンに、アリシアはどうしたのかと首を傾《かし》げる。

「いや、今はそんなことを考えている場合では……すまない。俺としたことが……それで、アリシアの声についてだが……」

はっとしたように表情を改め、難しそうに眉根を寄せるリオンをじっと見つめる。

彼《かれ》ならきっと、知らないことを教えてくれると思って。

「君の声が悪いものであるはずがない。聖女の力は神に与《あた》えられし恩恵だ。実際はどうか知らないが、リーリア教はずっとそう言い続けている。それなのに、聖女の力を悪《あ》しきものとして扱うとは……」

アリシアが聖女であることを前提に話すリオンに、アリシアはぎゅうと固く目をつむる。

(話すのは怖《こわ》いけど……でも……きっと、今が話すときなんだ)

聖女ではないのだと、人を惑《まど》わせたことがあるのだと、今こそ教えないといけない。

そうしないと、リオンは間違《まちが》った考えのまま、間違った結論を出してしまう。

意を決して、震える指を文字表に当てる。一文字だって間違えないように、間違って伝わらないように、丁寧に文字を綴っていく。

「歌を聞いて、正気を失った者がいる……?」

アリシアのお世話をしてくれていた少女。歌を聞いたせいで教会を去った彼女の存在こそが、アリシアの声が悪いものであると示している。

「それはありえない。君の歌で正気を失うなどということは——」

「あ、あのぉ」

リオンが眉間《みけん》に皺《しわ》を寄せ言い募ろうとしていたところに、別の声が割って入った。

養女とはいえ、主人の娘と王子の話に割って入るのが礼儀に反していることがわかっているからか、声は小さく、遠慮《えんりょ》がちで、どこかおどおどとしている。

「……なんだ？」

リオンの赤い瞳が向く先にいるのは、リリアン。

彼が部屋に入ってきてからずっと壁《かべ》に同化するように黙《だま》って立ち続けていたが、口を挟《はさ》まずにはいられなかったのだろう。彼女の空色の瞳は不安そうに揺れながらもリオンとアリシアを見つめている。

「ええと、その……お話の歌を聞いた人って、たぶん……私の伯母《おば》……いえ、母の腹違いの姉なので、もう少し血縁《けつえん》としては遠いような、そうじゃないような……？」

だが、どう説明すればいいのかわからないのか。リリアンはきょろきょろと忙《せわ》しなく視線を動かしながら、言葉を紡《つむ》いでいく。

「伯母さまからその、アリシア様っぽいような人の話を以前聞いて……手紙ですので、正確には見たのですが……だから、そのつまり、伯母さまは今も元気にしています」

要点の掴《つか》めない語り口にリオンが眉間に皺を刻んだのを見て、リリアンは慌《あわ》てたように締《し》めくくった。

「それは確かな情報なのか？」

「はい。伯母さまは一時期教会に身を寄せてたことがあって、だけどすぐに追い出されたとかで……そのあとに何度か手紙のやり取りをしたことがあるのですが、そこにアリシア様のことが書かれていました。いえ、はっきりと書かれていたわけではないのですが……でも、アリシア様のことを書いていたんだなってすぐにわかる程度には。あの伯母さまがそんなに気に掛《か》けるなんてどんなに素晴《すば》らしい人なのかなって思って……だから侍女《じじょ》に志願したというのもあるのですが……」

そう語るリリアンに、アリシアはぱちくりと目を瞬かせた。

（本当に、あの人が……まだ、元気にしているの？）

ずっと悔《く》やんでいた。修道女たちの注意をもっと真剣《しんけん》に聞いていれば。歌いたいという欲求を抑《おさ》えられていたら。自分の声は悪いものなのだと、ちゃんと理解していたら。何度、同じことを考えただろう。

だけど本当にまだ元気にしているのなら——。

「……なるほど、どこまでもアリシアを縛《しば》り付けようとしていた、というわけか」

侮蔑《ぶべつ》の混じる声に、アリシアは視線を落とす。どうして修道女は正気を失っただなんて嘘をついたのか。考えられる可能性は、限られる。

地下に閉じこめて体を。罪悪感を植えつけて心を。アリシアから何もかも奪《うば》い、支配しようとしていたのではないだろうか。

「アリシア……奴《やつ》らの話したことは、何ひとつ信じるな。君の声も歌も悪いものではない。俺はあの日……君の歌を聞いて、安らぎを覚えたんだ。胸の芯《しん》にまで染《し》み渡《わた》るような、心《ここ》地《ち》よい音色だった。だから……」

信じてほしいと訴《うった》えてくるリオンに、アリシアは金色の瞳を震わせた。

リオンの言葉と修道女の言葉、どちらを信じるべきなのかなんて、悩《なや》むまでもない。

親切にしてくれて、優《やさ》しくしてくれて、いろいろなことを教えてくれた。ただそういうものなのだと諭《さと》し、言い含《ふく》めてきた修道女たちとは違う。

(本当に……そうなら……私が聖女なら……)

自らの声が悪しきものではなく、彼らの言うとおりなら、期待を裏切ることになると悩む必要はない。

失望に彩られた瞳を向けられるかもと怯《おび》えることもない。だから、そうであってほしいという願いを抱きながら、ゆっくりと頷《うなず》く。

「……それで、聖女が恋をするとどうなるかだが……これまでの記録を見るに――」

ほっとしたように表情を和《やわ》らげたリオンが話を進めようとして――扉が大きな音を立て

て開かれた。

「失礼します！　リオン殿下《でんか》はこちらにいらっしゃいますか……！」

慌てた様子のアルフにリオンの眉が訝《いぶか》しげにひそめられる。

アルフが慌てているところはこれまでにも何度か見たことがあるが、今回はそれの比ではない。ただならぬ様子に、アリシアも自然と居住まいを正した。

「どうかしたのか」

「そ、それが……つい先ほど城から報告が届きまして、旦那様《だんなさま》の執務室《しつむしつ》までお越《こ》しいただけますか」

リオンの視線がちらりとアリシアに向く。話を中断させることを申し訳なく思っているのだろう。彼の口がすまないと動くよりも先に、アリシアはゆっくりと頷いた。気にしなくて大丈夫だと伝わるように。

「私が出向くべきだというのに、申し訳ございません」

執務室で待っていたマティアスが、リオンとアリシアがやってくるとすぐに立ち上がり、深く頭を下げた。彼の前――執務机《しつむづくえ》の上には、何枚もの書類が散乱している。

つい先ほどまで必死に仕事をしていたことがわかる有様に、リオンは気にするなというように首を振った。

「構わない。それで、何があった」

「それが……ヴァリス殿下が……ラオンフェイルを訪ねると、聖女カミラと共に馬に乗って、飛び出したそうです」

しんと落ちる沈黙《ちんもく》。最初に静寂《せいじゃく》を破ったのは深いため息だった。

「あいつは……何を考えているんだ」

苦々しいリオンの声に、マティアスが浮《う》かびそうな感情を隠《かく》すように目を伏せた。

クロヴィス邸《てい》に滞在《たいざい》してから、アリシアは国というものを学んだ。王がいて、貴族がいて、民がいる。貴族は王家に忠誠を誓《ちか》っているのだと教えられた。

だからどんなに呆れたり怒《おこ》ったりしても、表に出すのはよくない。とくに抱いた思いが大きければ大きいほど、隠したほうがいいとマティアスは考えたのだろう。

「ちなみに、ヴァリス殿下は聖女の力については……」

「わざわざ学びはしないから知らなくてもおかしくはないが……書庫にある記録を読み解けば、知れることだ。聖女を迎えると決めたのだから、当然調べていると思いたいが……そうでなければカミラを連れて城を飛び出した理由に説明がつかない」

「そうですね……災害に遭った方々を聖女の力で救いに行った。そう考えるのが適切でしょう。……混乱が予想されるため急いで物資の準備を進めておりますが、今すぐに用意できるものだけ積んだとしても、到着するのは二、三日後になるかと……」

その言葉にリオンは腕《うで》を組み、視線をわずかに上に向けた。解決策を見出《みいだ》そうとしているのだろう。

だけど、なかなかこれといったものが見つからないのか、焦れたように彼の指が自らの腕を叩《たた》きはじめる。

「……ヴァリスが城を出て、どのぐらいが経つ」

「部屋に書置きだけが残されていたそうで、正確な時間までは……おそらく、止められることを恐《おそ》れたのでしょう。足の速い馬に乗っていかれたようです」

だから止めるのは難しいとマティアスが言外に忍《しの》ばせると、リオンは小さくため息を落とし、組んでいた腕をほどいた。

「今すぐ俺《おれ》も向かう。追いつくのは難しくても、すぐに対処できればことは大きくならないはずだ」

「……お待ちください。殿下自ら赴《おもむ》かれて、万が一のことがあってはいけません。いまだ雨が続いていると聞いています。またいつ山が崩《くず》れるかわからないのですから、使いを向かわせたほうが——」

「王族の不始末を、誰が拭える。十分な支援《しえん》を用意できないのであればなおのこと、同じ王族が出向き、誠意を見せるべきだろう。父上よりは俺のほうが動きやすい」

「ですが、それで怪我《けが》を負われたらどうするおつもりですか」

「そのときはそのときだ。父上には申し訳ないが、もう一度子を育ててもらうしかないな」

どうにかして止めたいマティアスと、意思を曲げる気のないリオン。

リオンが傷つくのはいやだというマティアスの気持ちはアリシアにもわかる。だが王族として民のためを思うリオンの気持ちも――完全に理解するのは難しいが、わからないわけではない。

どちらの味方もできずにおろおろとふたりを見守っていると、マティアスが重々しいため息を落とした。

「……わかりました。そこまで決意が固いのでしたら、ひとつだけ条件を付けます」

そう言って、薄水色《うすみずいろ》の瞳がちらりとアリシアに向く。

「アリシアを一緒《いっしょ》に連れていってください」

「なっ……!」

目を見開き、言葉にならないというように口を大きく開けたリオンに、マティアスは苦笑を浮かべ、それから申し訳なさそうに顔を歪《ゆが》めた。

「すまない、アリシア。君を危険な目に遭わせないと約束したのに、違えることになってしまって……だが、君が一緒なら殿下も無茶《むちゃ》はしないはずだ」

頼《たの》むと頭を下げるマティアスの顔は、本意ではないと語っている。きっとアリシアが断れば、マティアスは別の案を考えるのだろう。

災害がどれほど恐ろしいものなのかはわからないが、ふたりの様子からすると軽《かろ》んじていいものではないことはわかる。

だからこそリオンをひとりで行かせるわけにはいかないと考えて、苦渋《くじゅう》の決断をしたのだろう。

（……なら、私にできることを……）

アリシアは彼らのために、自分にできることをすると誓った。その思いは今も変わっていない。

いやむしろ、前よりもその思いは強くなっている。優しくしてくれて、頼っていいと言ってくれて、温かい場所と気持ちを与えてくれた。いろいろなことを教えてくれた彼らの役に立てるのなら、危険など恐れない。

大丈夫《だいじょうぶ》だとアリシアが力強く頷くと、リオンの顔に焦《あせ》りがにじんだ。

「ほ、本気で言っているのか？　何があるのかわからないのに……」

それはリオンに対しても言えることだ。何が起きるかわからないのに、彼はひとりで向かおうとしている。

（私がどれだけ役に立てるかわからないけど……でも、見送るだけなんて……）

そう考えて、アリシアは揺れる赤い瞳をじっと見据《みす》えた。もしものんびりと待っていて、彼の身に何かあったら後悔《こうかい》してもしきれない。

逸らすことなく見つめ続け、先に根負けしたのはリオンだった。

「……わかった。だが絶対に、危ないことはしないと約束してくれ。まず第一に自分を優先すると、約束してほしい」

もちろんだと頷いて返す。

アリシアが傷つけば、優しいリオンのことだ。きっと自分のせいだと責めるだろう。

だから約束を守るという意思が通じるように、アリシアはじっとリオンを見つめたのだが、彼の心配そうな顔を変えられないまま、出発することになった。


月が高く上り、これ以上暗くなると危ないからということで野宿することになったアリシアは、自らの誤算に気づきうなだれた。

リオンは今、馬を止め、開けた場所に寝泊《ねと》まりするための敷物《しきもの》を広げている。

アリシアも手伝いたい気持ちはあるが、馬を降りたばかりの体は使い物にならなくて、べちゃりと地面にへたりこんだまま動けなかった。

「すまない。できれば野宿ではなく、どこか宿に泊《と》まれればよかったのだが……」

一番近い宿場がある村を目指したとしても、到着する頃には真夜中になっている。

そんな時間から宿を探しても泊まれる保証はない。だから無理に進むことはせず、明日に備えて休むことになった。

野宿自体は問題ない。木の板で寝《ね》ていたアリシアにとって、土の上だろうと大差はないからだ。いやむしろ、土のほうが柔《やわ》らかいので眠《ねむ》りやすい可能性すらある。

それよりも問題なのは――。

（とんだ足手まといになってる……）

リオンは鞍《くら》に掴まるのに精一杯《せいいっぱい》なアリシアを気遣《きづか》って、速度を調整してくれていた。きっと彼ひとりであれば、もっと速く走れたはずだ。野宿する羽目になったのも、アリシアがいたからかもしれない。

しゅんと落ちこむアリシアに、リオンが慌てたように視線をさまよわせる。

「ヴァリスもカミラを乗せていたから、そんなに速くは移動できていないはずだ。彼女も馬に乗り慣れているようには見えなかったからな。それに……無理に急いだところでヴァリスに追いつけるとも限らない。止めるのではなく、被害を最小限に抑えるのが目的だから……」

気にするな、と言いかけた口が閉じる。先を続けないのは、言葉にしてしまえばよりいっそうアリシアが責任を感じてしまうと考えたからだろう。

そんなリオンの気遣いが痛いほど伝わってきて、アリシアはさらに肩を落とした。

「ええ、と、それに、野宿もたまにはいいものだから……敷物もあるし、火を起こす道具もある。食事も持ってきたから、アリシアも食べるといい」

リオンは馬の鞍に付けられている鞄《かばん》からひょいひょいと荷物を取り出すと、手際《てぎわ》よく火を点《つ》けた。なんとも手慣れた様子に、アリシアははてと首を傾げる。

（野宿に慣れているのかな）

王子というものが普段《ふだん》どう過ごすのかは知らないが、緊急時《きんきゆうじ》でなければ付き人のひとりかふたりぐらいはいても不思議ではない。実際、王都を散策したときも、クロヴィス邸に来るときも、リオンのそばには騎士《きし》が控《ひか》えていた。

「何が起きるかわからないから、どんな事態にも備えられるように練習したんだ」

バチバチと鳴る火花を見るリオンの顔には苦笑《くしよう》が浮かんでいる。

（私も今度、練習しようかな）

同じようなことが起きたときに足手まといにならないように、馬に乗る練習もしたいところだ。そう考えると同時に、アリシアは今の自分の不甲斐《ふがい》なさに肩を落とした。

「アリシア……俺は昔、何もないところで一夜を明かしたことがある。そのときは誰もいなくて、不安でしかたなかった」

火の粉が舞《ま》い上がり、揺らめいて消える。その光景をぼんやりと眺《なが》めながら、リオンがぽつりと呟いた。

その声はどこか憂えているようで、寂《さび》しそうで、聞いているだけで胸が締めつけられるような切なさがこみ上げてくる。

「だけど今は君がいる。……君に安全な場所にいてほしいという気持ちは変わってはいないが、それと同時に……いや、もしかしたらそれ以上に、君が一緒に来てくれたことをありがたく思っている」

そっとアリシアのほうを向いた顔には慈しむような微笑《ほほえ》みが浮かんでいて、アリシアは瞬《まばた》きすら忘れてぼうっと見入ってしまう。

「俺ひとりだったら気が滅入《めい》っていたかもしれない。君が一緒にいてくれるから……こうして何もないところで一夜を明かすことになっても、落ち着いていられるんだ」

赤い瞳の中で炎《ほのお》が揺らめき、いつもとは違《ちが》う熱を感じさせる。じっとこちらを見ているその眼差《まなざ》しに、アリシアの鼓動《こどう》が大きく跳《は》ね上がった。

（本当に役に立てているのなら……嬉《うれ》しい、はずなのに）

どうにも落ち着かない。一緒にいる以外は何もできていないことを恥じているのかとも思ったけど、違う。

間違いなく嬉しく思っているのに、胸の奥《おく》が苦しくて、泣きたくなるような笑いたくなるような、不思議な感覚に襲《おそ》われる。

そのせいか鼓動も速くなったままで、治まらない。リオンを見つめることすら恥ずかしい気がして、そっと視線を地面に落とし――くぅ、とアリシアの腹の音が鳴った。

「あ、ああ、すまない。食事にしようと言ったのに……たいしたものではないが、腹は膨《ふく》れると思う」

差し出されたのは、大きな干し肉。野宿することも考慮《こうりよ》に入れていたからか、食べ物の入るスペースはあまりなく、保存が利くものを持ってきたらしい。

（……なんとしても、お役に立とう）

用意周到なリオンとは違い、アリシアは今のところ何もできていないどころか、足手まといにしかなっていない。

優しい言葉をかけてくれたが、このままだったら連れて来て失敗だったと思われてしまう。だからできる限りのことをしようと改めて心に誓い、アリシアは干し肉を噛みしめた。

◆◆◆

「あ、あの、ヴァリス様。どちらに向かわれるのですか？」

馬を一時休めるために立ち寄った町で、カミラは不安そうにヴァリスを見上げた。

慣れない乗馬で足はがくがく震《ふる》えていて、綺麗《きれい》に整えられていたはずの髪《かみ》は乱れている。

数時間前まで温かく味わい深いお茶と茶菓子《ちゃがし》に舌鼓《したつづみ》を打っていたはずなのに、今は味わいも何もない水しか手元にない。

「無理をさせてしまい、すまない。だが、オレと君の結婚《けっこん》を父上に認めてもらうために、どうしても必要なことなんだ」

「……そうなのですね。必要なことであれば、私も頑張《がんば》ります」

正直なところ、これ以上馬に乗って移動したくはなかった。柔らかな椅子《いす》に体を沈《しず》めて、ゆっくりと馬車で移動したい。

だけど優しく手を握《にぎ》られ、熱い瞳で見つめながら『必要なこと』と言われれば、頷くしかなかった。

（王族の、しきたり……みたいなものかしら）

カミラは幼少の頃《ころ》に孤児院《こじいん》に預けられ、ほどなくして教会で育てられることになった。

それなりに知識と教養は身につけてはいるが、王族の情報に明るいわけではない。

そして彼女が学んだ常識は教会の常識であり――一般的《いっぱんてき》な常識とは違うところもある。

（神も愛の試練を与えるというものね）

たとえばそれは、神の試練。悪いことがあれば、それは試練であると、神が成長するための機会を与えてくれたのだと教えられる。

アリシアほどではないとはいえ、カミラもまた、俗世《ぞくせ》から隔離《かくり》されて育てられた世間知らずである。しかも城に迎《むか》え入れられてからは蝶《ちょう》よ花《はな》よと扱《あつか》われ、城外に出ることもなかった。

自らの認識《にんしき》と他者の認識に齟齬《そご》があることに気づく機会は訪《おとず》れず――。

「そろそろ出発しよう。日が暮れる前に宿場に到着したい」

「はい。お願いします」

そして今も、じわじわと首を絞《し》められていることに気づかないまま、ふたりは出発した。

宿場で一晩を過ごし、また馬を走らせて到着したのは、目を覆《おお》いたくなるほど悲惨《ひさん》な光景が広がる場所だった。

外套《がいとう》に降り注ぐ雨が滴《したた》り、地に落ち、濡《ぬ》れた体がぶるりと震える。その震えは、体が冷えたからだけではない。

本来ありえない場所に土や石が入り混じり、崩れ落ちた家々の隙間《すきま》から見える地面はぬかるみ、木々は倒《たお》れ、折れ曲がっている。そんな中で、懸命《けんめい》に救助活動をしている人々の姿があった。

彼らの中にカミラと同じように外套を着ている者はいない。薄い衣服を雨風にさらし、濡れるのも厭《いと》わず動き回っている。

「よかった！　まだ息があるぞ！」

どこからか喜びの声が上がり、歓声《かんせい》が沸《わ》く。泥《どろ》と血をまとった人を肩《かた》に担《かつ》ぎ、木の板で作られた簡易的な建物に運ぶのを見て――カミラは隣《となり》に立つヴァリスを見上げた。

目の前の悲惨な光景に、彼もまた眉間に皺を寄せている。だがカミラが見ていることに気づくと、カミラの不安を取り除くように自信に満ちた笑《え》みを浮かべた。

「案ずることはない。君ならきっとうまくやれる」

何を、と聞く暇《ひま》はなかった。ヴァリスはそれだけ言うと、簡易的な建物に向けて歩きはじめてしまったから。

繋《つな》がれた馬を一瞥《いちべつ》してから、カミラも彼のあとを追う。今すぐここから馬に乗って去りたいが、馬を操《あやつ》る技術はカミラにはない。帰るにはどうしても、ヴァリスの助けがいる。

「あ、あの、ヴァリス様――」

これから何をするのか。そう問おうとする前に、ヴァリスが大きく口を開いた。

「みなの者！　オレは第二王子ヴァリス！　そなたたちを助けるため、聖女を連れてきた！」

その堂々とした宣言に、一瞬《いっしゅん》だが沈黙が落ちる。だがすぐに、期待と希望のこもった視線がカミラに向けられた。

「ああ、ありがとうございます。もう駄目《だめ》だと、そう思っていたのに」

安心して気が抜けたのだろう。涙を流す者までいる。

友の、夫の、子供の、恋人《こいびと》の看病にあたっていた人たちが我先にと助けを求め、カミラに手を伸《の》ばした。

カミラが青ざめていることにも気づかずに。

「な、なにを、おっしゃっているのですか」

「聖女の力でみなを助けられれば、君の力は有益だと、父上も認めざるを得ない。だから、頼む」

ヴァリスの言葉に、カミラは顔をひきつらせた。

彼は本気で言っているのだ。カミラがここで奇跡《きせき》の力を使えば、それですべてが解決すると、本気で思っている。

だけどカミラに聖女の力などない。奇跡はカミラでないものが起こしていた。カミラはただ、聖女らしくふるまい、聖女らしい笑みを浮かべて、聖女として扱われていただけだ。

ふたりの未来のためだと甘《あま》く囁《ささや》くヴァリスの期待に応えることはできない。

だがそもそも、そんな期待を寄せられるはずがなかった。ないと、思っていた。

「ヴァ、ヴァリス様……ご存じないのですか」

声が震え、唇《くちびる》も震える。

聖女の力がなくてもいいはずだった。カミラになんの力もないことは、彼女を聖女として祭り上げた人は知っている。それなのに、彼らは聖女が王子に嫁《とつ》ぐことを歓迎《かんげい》した。

聖女の力を使わなくていいと、彼らは知っていたから。

「聖女は、恋をすると力を失うのですよ」

ヴァリスと恋に落ちた――そういうことになるのだから、力を求められることはないと、ヴァリスが迎えに来た日にあの場にいた者は考えていた。力が目的ではなく、功績と美貌《びぼう》が第二王子ヴァリスを射止めたのだと、信じて疑っていなかった。

だけどそれは教会の常識でしかないことを――カミラは知らなかった。

第四章

CHAPTER FOUR

土砂《どしゃ》災害に遭《あ》った村に到着《とうちゃく》したアリシアは、目の前に広がる光景に息をのんだ。

空を覆う分厚い雨雲と絶え間なく降り注ぐ雨粒《あまつぶ》。薄暗《うすぐら》く、視界が悪い中でもわかる悲惨な光景に、胸元《むなもと》で手を握る。

助けを求める声ならこれまでにも散々聞いたことがある。だけど壁越《かべご》しに聞くだけで、名前どころか顔すら知らなかった。

誰《だれ》かが傷つき血を流しているのを見たのはリオンを見つけたときと、自身の腕をナイフがかすめたときだけ。

アリシアにとって惨状《さんじょう》を目にするのはこれが初めてで、息苦しさを感じるほど心臓が早《はや》鐘《がね》を打つ。

「アリシア。少し休もう。まずは状況《じょうきょう》を把握《はあく》しようと思う」

怯えがにじんだ金色の瞳を隠すように、リオンの外套がアリシアを覆った。

雨に打たれていたアリシアを外套の中に入れたのだから、当然リオンの服も濡れてしまう。それなのに気にすることなく気遣ってくれるリオンに、そして伝わる温《ぬく》もりに、アリシアはぺちぺちと自分の頬《ほお》を叩いた。

(役に立つって決めたんだから)

きっとこのあとリオンはアリシアをどこかに休ませて、自分ひとりで事態の収拾《しゅうしゅう》に走り回るのだろう。

リオンと同じことができるとは思えないが、それでもじっと待っていることはできない。

(私にも何かできることがあるはず)

たとえば、救助の手伝い。あるいは怪我人《けがにん》の看病。知識は豊富ではないが、人の手は多いに越したことはないはずだ。

アリシアは首を横に振り、自分も何かすると力強くリオンを見上げる。

「……わかった。なら、怪我人の手当に何人か割《さ》いているはずだ。彼らの手伝いを頼む」

渋《しぶ》るように沈黙を貫《つらぬ》いていたリオンだったが、アリシアの無言の圧に根負けし、弱り切った顔でそう言うと、近くにいた人に声をかけた。

「王家の人がふたりも助けに来てくれるなんて嬉しいです」

アリシアの案内を頼まれた青年は腰《こし》を低くしながら笑って、快く引き受けてくれた。

それからリオンは今の状況をひとつふたつと聞くと、無理はしないようにとアリシアに言い含めて、名残惜《なごりお》しそうにその場から立ち去る。ほかの人にも話を聞きに行くのだろう。

「では、ええと、お嬢《じょう》さん。一緒に来てくれ、もらえますか？」

青年の声にわずかなとまどいがにじんでいるのは、アリシアがどういった立場なのかを測りかねているからだろう。

王子であるリオンと来たのだから、やんごとない立場に違いないとは思いつつ、貴族令《れい》嬢《じょう》がこんなところまで足を運ぶだろうかと悩んでいるようだ。

「えーと、まあ、でも手当といってもね、たぶんあんまりすることはないと思います。なにしろ、聖女さまが来てくれたそうですから」

庶民《しょみん》に過ぎない自分が考えてもしかたない事情があるのだと結論付けたのか、青年は困《こん》惑《わく》した表情を消し、笑った。

これから助けてもらえる——大切な人たちが助かるのだという、安心しきった顔で。

「それに聖女さまはすごくきれいに歌うらしいじゃないですか。楽しみで……あ、お嬢さんは聞いたことありますか？」

その問いに、アリシアは小さく首を振る。

青年の言う聖女が自分ではなく、もうひとりの——先にここにたどり着いた聖女のことだと思ったからだ。

（ええと、たしか……カミラさん、だったかな）

リオンとマティアスのやり取りを思い出しながら、彼女《かのじょ》の名前を拾い上げる。

聖女がふたりいたことはないと、彼らは言っていた。リオンの言葉のとおりアリシアに宿っているのが悪いものではなく、神の奇跡であるのなら、カミラの歌に奇跡は宿っていないはずだ。

それでも、歌には人の心を震わせる力がある。人を明るくさせ、楽しい気持ちにさせるのだと、歌とは本来そういうものなのだと、噴水《ふんすい》広場で聞いた歌が教えてくれた。

そして同時に、自分の歌は歌と呼ぶのもおこがましい代物《しろもの》だと思い知らされた。

何しろ、アリシアの歌は綺麗とはとても言い難《にく》い。ほかの人の歌とはあまりにも違いすぎる。自分の歌だからこそ、アリシアはほかの歌との違いを理解していた。

（カミラさんはどんな歌を歌うんだろう）

だから、カミラの歌を聞いて、心を震わせた人がいたのだろう。それが綺麗な歌として伝わったのだとアリシアは結論付けた。

「それでは、こちらで……おーい。こちらのお嬢さんも手当にあたってくれるそうだ。あとは任せたぞー」

案内された木の板を組んだだけの建物は、雨風さえしのげればいいと言わんばかりの簡素な造りだった。

床《ゆか》に値するものはなく、湿《しめ》った地面の上に人が並べられている。その周りを、比較的《ひかくてき》軽傷な人が慌ただしく歩き回り、水は、布は、と指示の声が飛び交《か》う。

「じゃあお嬢さん！　この布を洗ってきてくれるかい」

その中のひとりが、アリシアにありったけの布を渡してきた。変色したそれは何度も洗い、何度も使ったことがうかがえる。

綺麗な布などもうどこにもないというような使い古されたそれらを、アリシアはよろめきながらもしっかりと受け取った。

「裏にたらいが並んでるから、そこで洗っておくれ。……綺麗な水じゃないと触《さわ》れないとは言わないだろうね？」

恰幅《かっぷく》のよい女性が指示を出してから、アリシアの身なりが自分たちと違うと気づいたのだろう。少しだけ眉《まゆ》をひそめて言う彼女にアリシアはぶんぶんと首を横に振《ふ》り、裏に回る。

言われたとおり、そこにはたらいがいくつも並んでいた。たらいに溜《た》まっているのは、空から延々と降り続ける雨水だけ。おそらくは綺麗な水を手に入れるのも難しいのだろう。

アリシアはたらいのひとつに布を入れてから汚れを落とすためにこすり、ある程度したら捨てて、また別のたらいで洗い、何度もそれを繰《く》り返してそれなりに汚れが落ちたところで、布を持って戻《もど》る。

そしてまた、雨水が溜まった頃に洗いに戻り、ある程度血の落とせた布で怪我人の体を拭《ぬぐ》い、汗《あせ》を拭《ふ》きとった。

「なあ、聖女さまはまだいらっしゃらないのか？」

そうやって行き来している間にも怪我人が増えていく。だけど運びこまれる怪我人は増えても、手当をする人の数は一向に増える気配がない。

だんだんと焦れてきたのか、怪我人を運んできた人が不満の声を上げはじめた。

雨風をしのげるようにと即席《そくせき》で作られた小屋は狭《せま》く、これ以上怪我人が増えれば全員を収容するのは難しくなる。

アリシアも布を洗い拭うだけの作業しか手伝えていないが、それを実感していた。

綺麗な水は飲み水として使っているが、それもいつかは底をつくだろう。それに雨水が溜まる前に布を洗う必要が出てきていて、いくら水があっても足りないほどだ。

「何かあるんだろう。王家の方がふたりもいらしているんだから、待っていればきっと……」

助かるはず。そうはっきりと言葉に出せないのは、痛みで呻《うめ》き苦しんでいる者を目の当たりにしているからだろう。

今ここにいる怪我人の中には、彼《かれ》らの大切な人も混ざっているのかもしれない。悲痛そうに顔を歪める人々に、アリシアも自然と肩を落としていた。

苦しんでいる彼らのためにできることは何かないかと模《も》索《さく》するが、綺麗な水を用意する術も、全員が満足できるほどの食糧《しょくりょう》を取ってくる方法も知らない。

かろうじて包帯を巻くぐらいはできるが、包帯だって無限にあるわけではない。このまま時間だけが経《た》てば、どうにもならなくなる。

「それにしたって遅《おそ》すぎやしないか。……なあ、本当に聖女様は俺たちを助けに来てくれたのか？」

布を洗って絞《しぼ》って拭って、布を洗って絞って拭って。せめて自分に任されたことはまっとうしようと、動き回るアリシアだったが、だからといって周囲の人の不満が減ることはない。

むしろ時間が経てば経つほど、焦りが増していく。こうして待っている間に手遅《ておく》れになる人が出てきたらどうすればいいのか、どうするつもりなのか。助けてもらえるという希望が見えただけに、押《お》し寄せてくる不安は大きいのだろう。

不満の声がそこかしこで上がりはじめ、苛立《いらだ》ちが募《つの》りはじめたところで、また新たな怪我人が運びこまれてきた。

「ねえ、もう大丈夫よ。きっと、大丈夫だから、もう少しだけ頑張って」

ひどい怪我を負っている男性に女性が寄り添《そ》い、懸命に声をかけている。だけど男性の姿は、誰もが顔をしかめ、先は長くないと悟《さと》ってしまうほどの有様だった。

「……彼は、もう駄目だ」

ぽつりと落ちた呟《つぶや》きに女性の目から大粒《おおつぶ》の涙《なみだ》がこぼれ落ちる。おそらくは、男性と親しい仲なのだろう。

向けられるいたたまれない視線に女性が「なんで」と震える声を漏《も》らした。

「どうして、だって、聖女さまがいらしたのよね？　なのに、なんで駄目って……！　ねえ、早く聖女さまを呼んできてよ！　今どこにいるの⁉　どうしてここにいないの……！」

「そんなことを俺に言われたって知るわけがないだろう！　なあ！　あんたは何か知らないのか⁉」

女性の泣き叫《さけ》ぶような声に、治療《ちりよう》にあたっていた青年が声を張り上げ、縋《すが》るような目をアリシアに向けた。

「あんた、王子様と来たんだろ？　どうなっているのか少しぐらい何か知っているんじゃないのか？」

「どうして王子さまがふたりも来たってのに、顔を見せないんだ」

「一刻を争う人だっているのに、なんでそんな悠長《ゆうちょう》にしているんだ。こっちのことはどうでもいいのかよ」

他の人たちも同じ気持ちだったのだろう。青年の言葉をきっかけにして、次々に責め立てるような声が上がる。

(どうでもいいなんて、思っているはずがない)

もしもそう思っていたのなら、リオンはマティアスに反抗《はんこう》してまでここに来ていないはずだ。

だけど今何をしているのかと聞かれても、アリシアは知らない。

いや、たとえ知っていたとしても彼らが満足できる答えは出せなかっただろう。

(ただ答えるだけだときっと……安心できないはず)

彼らが憤《いきどお》っているのは。どうにもならない現状に対する不安と焦燥感《しょうそうかん》からだ。

それを払拭《ふっしょく》するには、答えを出すだけでは足りない。

ならば自分に何ができるのか。どうすれば、彼らの心を少しでも落ち着けられるのか。

単純な答えではなく、何か方法はないか――。

(そういえば……歌を聞いて、心が安らいだってリオンさまが言ってくれてた)

思い出したのは、リオンの言葉。胸の芯《しん》にまで染《し》み渡《わた》るような心地《ここち》よい音色に、心が安らいだのだと彼は言っていた。

(本当に、そうなら……)

苦痛に満ちた修道女の顔が浮かぶ。心を乱し惑《まど》わせるのだと、何度も言い聞かせられた言葉が頭の中を巡《めぐ》る。

だけど、優《やさ》しくて、温かく接してくれた人がアリシアの歌は悪いものではないと言ってくれた。人の心を乱すことはないのだと言ってくれた彼の言葉を信じたい。

(だからきっと、大丈夫)

少しでもみんなの心が安らぐように、癒《い》えるように――アリシアはこれまでに何度も繰り返した祈《いの》りの歌を奏《かな》でた。

◆◆◆

聖女は恋《こい》をすると力を失う。そうカミラに聞かされたヴァリスは、彼女の腕を掴《つか》み、苛々《いらいら》とした足取りで人気の少ないところまで移動した。

誰かに聞かれれば、困ることになるからだ。すでに聖女が治すと宣言してしまったので、今さら撤回《てっかい》することはできない。力がありませんでした、では済まされなくなっている。

かといって、カミラが歌ったところでなんの意味もない。

ならばどうすればいいのか——いくら考えても妙案《みょうあん》は浮《う》かばず、生まれた苛立ちと焦りはそのまま怒《いか》りとなって、カミラに向けられた。

「どうして、今になってそんなことを……！　力が使えないのなら、もっと早くそう言えばよかっただろう！」

「そ、そう言われましても……てっきり、ご存じとばかり……」

カミラを迎えたとき、教会にいた人は誰もそんなことをヴァリスに言わなかった。力を失うのだと忠告することもなく、ただ祝福し、我々の大切な聖女をよろしくお願いしますと頭を下げただけだった。

もしも力を失うと知っていたら——いや、それでもヴァリスはカミラを迎えただろう。

彼の目的は聖女の力ではなく、兄が追い求めている相手を手中に収めることだったのだから。

問題なのは、そのために聖女の力を必要としたことだ。

みなの支持を得られれば、父だって沈黙《ちんもく》を貫けはしないはずだと思って、行動に出た。

（だが、そうと知っていたら、もっと別の手段を講じていた……！）

もしも力を失うと知っていたら、確実ではなくても別の手段をとっていただろう。王が寝る前に毎夜押しかけて願い続けたかもしれないし、聖女を妃《きさき》にするのだと勝手に宣言することだってできたかもしれない。

あるいは認められるまで待ち続けることもできたはずだ。

だが今となっては、その手段のどれも選ぶことはできない。今考えるべきは、カミラと結婚する方法ではなく、この事態をどう収めるか。

「どうにか、ならないのか」

「どう、とおっしゃられても……」

「今すぐオレに対する恋心《こいごころ》を捨てろ。それでなんとかならないのか」

声を荒《あら》らげたい気持ちを必死に抑《おさ》える。雨音があるとはいえ、あまり大きな声を出せばほかの人に聞かれてしまうかもしれない。

不信感を抱《だ》かれ怪《あや》しまれたら、ヴァリスの計画はここで終わり、結婚を認めてもらうどころではなくなる。

「そ、そんな……人の気持ちはそんな簡単なものでは……」

「そもそも！　……どうしてそんな簡単に恋に落ちれる。簡単ではないというのに、簡単に恋をしたではないか。顔か、優しくされたからか。理由を言ってみろ。それを捨ててや

る。だからお前もそのような簡単な恋心など捨ててしまえ」

大きな声を出さない代わりに、語気が強くなり、ヴァリスの顔も怒りに歪んでいる。

顔と言われたら今すぐにでも焼き尽《つ》くしそうな剣幕《けんまく》に、カミラの瞳《ひとみ》に怯《おび》えがにじむ。

だが今のヴァリスにそれに気づく余裕《よゆう》などなく、そして近づいてくる足音があることにも気づかなかった。

「……あまり、そういう恐《おそ》ろしいことを言うものではないな」

慣れた声が聞こえ、反射的に振り返ったヴァリスの目に、呆《あき》れたような非難の混ざった赤い瞳と、ずぶ濡れになった外套からのぞく金色の髪が映る。

今もっとも会いたくない人物が、そこにいた。

「兄上……どうして……何をしに、来たのですか」

「弟の不始末を片付けに来たに決まっているだろう」

「兄上の助けなどなくても、オレが……自分で、なんとかできます」

「どう、なんとかするんだ？」

ぐ、と歯噛《はが》みする。良案が浮かんでいれば、カミラに詰《つ》め寄ったりしていない。すぐにでもその案を実行に移している。

わずかな沈黙が答えとなり、リオンの口から深いため息が漏れた。

「……ならば、兄上はどう収拾をつけるおつもりなのですか。みなが納得《なっとく》できるような一手があるとでも？」

「こうなっては、素直《すなお》に謝罪するしかないだろう。その上で、許しを得られるまで誠心誠意尽くすだけだ」

「そ、そんなのは王族のすることではありません！　王族がやすやすと頭を下げていいはずが……！」

「やすやすと？　民の期待を煽《あお》り裏切るのは、王族にとって安易なことだとお前は言いたいのか。民の上でふんぞり返っているだけが王族だと、お前は思っているのか」

「そうは、言っていません。オレは、ただ……」

「ただ、なんだ？」

こんなはずではなかった。

聖女の力を使って困窮《こんきゅう》している人々を助け、賞賛を得て終わるはずだった。

そうすればすべてうまくいくと、思っていた。

（それなのに、どうしてこうなった）

万事《ばんじ》がうまく運んでいたはずだ。リオンが求めていた聖女は、ヴァリスの手を取った。

それからもヴァリスの前で頬を染め、顔をほころばせていた。

リオン相手に恥《は》じらう様子を見せていたのは気に食わなかったが、それでも昔助けた相手がヴァリスではなくリオンだと気づくことはなかった。

だからあと一押《ひとお》し、父が結婚を許可するだけの何かがあればいいと思って――。

「……そもそも、彼女が、カミラが聖女の力を失うのだと隠《かく》していたから……そうでなければ、オレだって」

「結婚する相手のことぐらい調べておけ。聖女の軌跡《きせき》を追えば、いずれ行き着いていたはずだ。聖女はみな恋に落ちたあと引退し、結婚していることにな」

「あ、兄上も知っていたのですか。なら、オレに教えてくれても……！」

「彼女を連れ帰り、妃に迎えると決めたのは俺《おれ》ではなくお前だろう。……それに、それを話し合ってどうなる。今するべきは責任を誰に擦《す》り付けるかではない。マティアスが物資の手配を進めてくれているが、到着するにはまだ時間がかかる。考えるべきなのはそれまでを、どう過ごすか……」

謝罪し、救助にあたるか。それともここで意味のない問答を繰り返すか。

まっすぐに見据《みす》えてくる赤い瞳に問われ、ヴァリスの顔が歪《ゆが》む。どちらを選ぶべきなのかなんて、ヴァリスも本当はわかっている。

（だが、それでは……何にもならない。何も、残らない）

ヴァリスは幼い頃、リオンを慕《した》っていた。目標にしていたこともある。だが成長するにつれ、どうあがいても手が届かないのだと知ってしまった。

リオンは子供の頃から落ち着いていて、焦《あせ》ることはなく、どんなときも感情を揺《ゆ》るがさずに毅然《きぜん》と振舞《ふるま》っていた。そしてそんな彼に、誰もが愛情と信頼《しんらい》を寄せた。

対してヴァリスは、何をしようと、何を成そうと、頑張りましたねとしか言われなかった。

リオンのように、次代の王にふさわしくなるにはどうすればいいのか話し合うこともなければ、次はもっと頑張りましょうと励《はげ》まされることもなく、ましてや努力が足りないのだと叱《しか》られることすらなかった。

期待するにも値しない存在なのだと、何度も思い知らされ、打ちのめされていたときに、ヴァリスは自分に王位継承権《けいしょうけん》がないことを知った。どうしてと疑問を投げかけたのは、当時ヴァリスに仕えてくれた老執事《ろうしつじ》。

彼は「リオン殿下《でんか》が……」とだけ言うと口をつぐんだ
心苦しそうに顔を歪めた彼の姿に、リオンのせいなのだと、リオンが父に愛されているから、父が愛した女性の子供だから、彼にだけ王位継承権が許されたのだと――そう結論付けた。

その日からヴァリスの目にはリオンが、誰からも愛されすべてを持っているのに、自分のものまで奪《うば》った相手としか映らなくなった。

誰からも期待されないのはリオンのせいなのだと、憎《にく》しみを募らせた。

（なんとしても、カミラとの結婚だけは……奪われてたまるか）

だから唯一《ゆいいつ》得られた——リオンが求めていたものを、なんとしても我《わ》が物にしたかった。

だけどこのままでは、王はヴァリスの勝手な行動を咎《とが》め、聖女との結婚を認めはしないだろう。それどころか、今すぐ手放せと言われるかもしれない。

ようやく手に入ったものが奪われるのだと思うと、どうしても頷《うなず》くことができなかった。

「兄上、オレは……オレが、オレだって……」

なんとかできるのだと、何かを成せるのだと言いたいのに、はっきりと口にすることができない。案はいまだにひとつも浮かばず、頷くしかないのだとわかっているのに、それすら選べない。

雁字搦《がんじがら》めになった思考に顔を歪め、今にも泣き出しそうなヴァリスにリオンはまたため息を落とし——そこで、音が聞こえた。

雨音を破るようなそれは、これまで聞いたことのある歌とはほど遠く。

だけど歌としか称《しょう》することのできない音色にヴァリスは目を瞬《まばた》かせ、リオンは顔を上げ、カミラは顔をひきつらせた。

◇◇◇

それはまるで鳥のさえずりのように軽《かろ》やかで、青々と茂《しげ》る木々のざわめきのように穏《おだ》やかで、降り注ぐ雨のように清らかで。自然そのものを感じさせる音色の中に言葉はひとつもない。

もしも言葉を持たない海の魔物《セイレーン》がいれば、きっとこんな歌を奏でるのだと思わせる音色に、小屋の中から一切《いっさい》の音が消えた。うめき声も、怒鳴《どな》り声も、何もかもが消え去り、静寂《せいじゃく》に包まれている中で、歌声だけが響《ひび》き渡る。

もしもこの歌を奏でているのが海の魔物《セイレーン》であれば、このまま惹《ひ》きつけた者を離《はな》さず、深い海の底まで引きずりこんだだろう。

だけど歌っているのは魔物ではなく、人間であるアリシアだ。

しんと静まり返ったのに気づいたアリシアは、歌うのをやめて辺りを見回した。

（落ち着いてくれたのならいいけど……）

信じると決めたのに不安が頭をよぎるのは、アリシアの歌がとうてい歌とは呼べない代物だからだ。

アリシアが歌を口ずさむようになったのは、言葉を知らなかった頃。

最低限の知識しかなかった彼女は歌の中に、自らの知る音を――窓から聞こえる音を詰めこんだ。

そして成長するにつれ、音色の中に四季が生まれ、自然のざわめきが生まれた。

アリシアにとっては世界が奏でる音色こそが歌だった。だけど今は違《ちが》う。

楽器を鳴らし、思いや感情を歌にこめることで生まれる旋律《せんりつ》が歌なのだと学び、自分の発する音は雑音でしかないのだと気づかされた。

歌が終わっても微動《びどう》だにしない人々に、アリシアは胸の前で手を組み、おそるおそる様子をうかがう。

「今、のは……?」

そうしていると、静かだった小屋に少しずつざわめきが起きはじめた。

「歌だよ、な。いや、でも……」

困惑と動揺《どうよう》が入り混じり、いくつもの視線があちこちにさまよう。その中でいち早く異変に気づいたのは、怪我人の手当にあたっていた人たちだった。

できる限り血を止めようと押さえていた布に血が染みこまなくなり、苦痛に満ちたうめき声が安らかな寝息《ねいき》に変わっている。

ほかの人もだんだんと異変に気づき、よりいっそう困惑した視線がアリシアに集中した。

「……聖女、さま？」

そして誰かがぽつりと言葉を落とす。短く小さな声はざわめきの中でもはっきりと聞こえ、人々の意識を引きつけた。

だがその一言でざわめきが収まることはなく、それどころかより大きなざわめきが生まれる。

（え、ど、どういうこと……？）

混乱し、動揺しているのは彼らだけではない。アリシアもとまどい、困惑し、視線をさまよわせた。

（私に助けられたって、もしかして、本当に、言葉どおりの意味だったの……？）

リオンはアリシアの歌声のおかげで助かったのだと言っていた。てっきりそれは、歌で生きる気力が湧いてきたのだと——病は気からという言葉があるから、それと同じ理屈《りくつ》なのだとばかり思っていた。

だけど今目の前で起きているのは、奇跡としか言いようのない現象。

「聖女さま、あ、ありがとうございます」

瞳に涙をためて感極《かんきわ》まったように頭を下げたのは、重症《じゅうしょう》だった男性に寄り添っていた女性。それにつられるように、あちこちで感謝の言葉が上がりはじめる。

「すまない、さっきは……ひどいことを言った……いや、言ってしまいました」

アリシアに詰め寄っていた人々も申し訳なさそうに頭を下げ、許しを乞《こ》うようにアリシアを見つめている。

本当に自分の歌に奇跡が宿っていたのだと噛《か》みしめるよりも先に――。

(よかった……)

みんなが落ち着いてくれたことに、小屋の中に渦巻《うずま》いていた苦痛が消えたことにほっと胸をなでおろす。

そしてアリシアは大丈夫《だいじょうぶ》、気にしてないと首を振り、微笑《ほほえ》んだ。

「ああ、聖女様！　本当に、本当に、ありがとうございます！」

感極まったとばかりに大きな声で感謝の言葉が捧《ささ》げられ、涙で潤《うる》み感動が満ちた瞳で詰め寄られる。

勢いに圧されたアリシアが一歩下がったところで、背中に温かいものが触れた。

「すまない。遅くなった」

頭上から振ってきた声は聞き慣れたもので、見上げると見慣れた顔がそこにあった。

リオンはアリシアに向けて優しく微笑むと、周囲を見回して苦笑《くしょう》をにじませた。

「そう、か。……アリシア、ありがとう。俺から頼《たの》むべきだったのに、君に負担をかけてしまったな」

すまない、と動く唇に首を振って返す。負担なんて何もない。歌い慣れているので、喉《のど》を痛めるなんてこともない。

（お役に立てたのなら、よかった）

むしろ、自分の歌が役立ったことが嬉《うれ》しくて、自然と頬が緩《ゆる》んでいく。

和《なご》やかな空気が小屋の中に広がるが――長くは続かなかった。

「兄上、今のは……いや、それより、そいつは……」

初めて聞く声がアリシアの耳に届く。声のしたほうを見ると、リオンに似た面影《おもかげ》を持つ黒い髪《かみ》に赤い瞳の少年が立っていた。

（彼が聖女に恋した王子様……あれ、連れ出した、だっけ……）

第二王子ヴァリスがカミラを城に連れて戻った。そんな感じの話を思い出して、なるほど彼が、とひとり納得しているアリシアをよそに、ヴァリスは険しい顔つきでリオンの前に進み出た。

弟だからか、背丈《せたけ》はリオンよりも少し低く、睨《にら》みつける顔には幼さが残っている。

「どういうことですか、兄上。どうして……」

「……それについては、今ここで話すべきではない。場所を移そう」

リオンを睨みつけていた赤色の瞳がぐるりと周囲に向く。

小屋の中の視線が集中していることに気がついたのだろう。ヴァリスは口をつぐむと、じろりと最後にひと睨みしてから小屋を出た。

そのあとをリオンが追おうとして――アリシアに向き直る。

「アリシアはここで待っていてほしい」

ヴァリスのただならぬ様子に何か起きるかもと思ったのか、リオンの赤い瞳が不安そうに揺れている。だけど、リオンがアリシアを心配するのと同じく、アリシアもリオンが心配だった。

何が起きるかわからないというのなら、それこそ一緒《いっしょ》に行くべきだ。

(そのために、来たんだから)

リオンが無茶《むちゃ》をしないように。万が一がないように。今にして思えば、マティアスはアリシアの力を見込《みこ》んでいたのだろう。

ならばその思いに応えるためにも、ここでただ待っているわけにはいかない。

ぎゅうとリオンの手を掴み、一緒に行くのだと力強く見上げると、彼は困ったように眉《まゆ》尻《じり》を下げながら頷いた。

ヴァリスが待っていたのは、小屋から離れたところにある森の中だった。鬱蒼《うっそう》と茂る葉が雨を遮《さえぎ》り、濡《ぬ》れることを気にせずに話ができる場になっている。

「兄上、そいつは――」

「彼女に無礼な発言をするのは控《ひか》えてほしい。彼女は、俺の命の恩人だ」

ヴァリスがアリシアを睨むように見ると、リオンがそっと庇《かば》うようにアリシアの前に立ち、その視線を遮った。

リオンの態度にアリシアがどういった人物なのか悟ったようで、ヴァリスの顔が怒りで赤く染まる。アリシアがひょいとリオンの背からヴァリスの様子をうかがい見れば、射殺さんばかりにリオンを睨みつけているのが目に入った。

「どう、いうことですか。じゃあ、オレが連れて帰ったのは……聖女をって、だから、それなのに、どうして……！」

取り留めのない言葉は怒りに任せてのものだからだろう。噛みつくように怒《ど》声《せい》を上げるヴァリスに、リオンは小さく息を吐《は》いた。

「……教会はみなを騙《だま》していた。なんの力もない少女を聖女に祭り上げ、本当の聖女を隠していたんだ。聖女の力を都合よく利用するために。……教会は腐敗《ふはい》し、かつての栄光を……かつての富を求めている。お前が聖女を妃にと望んだとき、あちらは抵抗《ていこう》したか？嬉々として差し出したのではないか？」

そのときのことを思い出したのか、ヴァリスの口から小さな唸《うな》り声が漏れる。歯噛みし、悔《くや》しそうなその顔に、リオンはそっと目を伏《ふ》せて言葉を続けた。

「聖女の力を使って細々と民心を集めるよりも、王家と繋《つな》がるほうが得だと思ったのだろう。だがそのときに聖女を——彼女を差し出さなかったのは、顔を知られているのがカミラであることと、彼女がどういう扱《あつか》いを受けてきたのか知られては困るからに違いない」

「それを、兄上は知っていたのですか。知っていて、黙《だま》って……騙されて哀《あわ》れな弟だと、オレのことを嘲笑《あざわら》って……それなのに自分だけは聖女を手に入れて、聖女の力を使って解決して……オレには、誠心誠意謝《あやま》れと、言っておきながら……！」

「違う、俺は——」

そこで一度言葉を切ると、リオンは案じるようにアリシアを見下ろした。

リオンはアリシアに指示を出してはいない。彼女の力を利用しようとしたこともない。だがここでアリシアの独断だと言うのは、彼女にすべての責任を押しつけるように思えて、はばかられたのだろう。

アリシアはじっとこちらを見下ろす温かい赤い瞳を見つめたあと、小さく首を横に振り、頷いた。

(私のことは気にしないで。大丈夫だから)

そのほんのわずかな所作で、アリシアの気持ちを十全に理解するのは難しいはずだ。

それでもリオンはアリシアの意思をくみ取り、心苦しそうに顔を歪めたあと、ヴァリスに向き直った。

「俺は彼女の力を利用するつもりも、彼女に責任を押しつけるつもりもなかった。今回のことは王家の責任で……被害《ひがい》もみなで協力すればと思っていた。結果として彼女に助けられたが、それは俺が指示してのことではない」

「そんなの……信じられるものか！　どうせ兄上のことだ。解決できるとわかっていたから、自分が優位に立てるとわかっていたから。哀れな弟を救ってやろうって、自分の名声を高めるために、ここに来たんだろ！」

もはや言葉を取り繕《つくろ》う余裕すらないのだろう。怒《おこ》っているはずなのに、今にも泣き出しそうな顔で声を荒らげているヴァリスに、リオンが静かに首を振った。

「違う。俺は、たとえ彼女に力がなかったとしても……ここに来て、同じことをした」

「それで、オレが納得すると……そこまで、馬鹿だと思っているのか。口ではなんとでも言える。それに、彼女が勝手にやったことだって？　それだって、本当かどうかわかったものじゃない！　はっきりと口にしなかっただけで、そうなるように仕向けた可能性だってある。オレを責めて、自分だけ手柄《てがら》を手に入れて……そうやって、兄上はいつもオレを押しのけてきたのだから……！」

張り詰めた叫びは、まるでそうであってほしいと言っているようだ。

どうしようもなく埋《う》まらない差を認めたくなくて、目を背《そむ》けたくて、駄々《だだ》をこねているとしか思えない様子に、アリシアは悲しげに顔を歪めた。

アリシアには兄弟の情というものはわからないし、家族というものもわからない。

だけどローナやリリアン、そしてマティアスに失望されたらと考えただけで、あれほど恐ろしくなった。

もしも今のヴァリスと同じ剣幕で怒鳴られたら、きっと立ち直れない。

（大丈夫……？）

ぎゅっとリオンの外套《がいとう》を掴む。家族に面と向かって悪意を向けられているリオンは、アリシアが想像する何倍も辛いはずだと思って。

そのかすかな力が伝わり、リオンはアリシアのほうをちらりと見ると、大丈夫だと言うように微笑んだ。

「……俺はお前を押しのけようとしたことはない」

そうしてまたヴァリスのほうを向き、静かに語りかけた。

その落ち着いた声色《こわいろ》を余裕綽々《よゆうしやくしやく》と受け取ったのか、ヴァリスの顔に憤りが浮かぶ。

だけど怒りをにじませたのは一瞬《いっしゅん》だけで、すぐに嘲《あざけ》り、見下すものに変わった。

「よく、そんなことを言えたな。同じ王の、父の血を引いているというのに、兄上だけが特別で、大切にされていた……違うとは言わせないぞ。それでオレがどれだけ苦しんだことか……オレに王位継承権がないのが兄上のせいだと知って、どれほど傷ついたか……」

それはきっと、リオンにとって予想もしていなかった言葉だったのだろう。虚《きょ》を衝《つ》かれたように、リオンの顔から表情が抜《ぬ》け落ちる。

言葉すら失い、呆然《ぼうぜん》と立ち尽くす姿に、ヴァリスは自らの正当性を垣間見《かいまみ》たのか、ためらうことなく言葉を重ねた。

「愛する兄上の言葉なのだから、父上は疑いもしなかっただろうな。愚《おろ》かな弟とでも言ったのか？　王家にふさわしくないとでも？　自分だけが父上の跡《あと》を継《つ》ぐ存在としてみなに愛されて……それなのによくも押しのけたことがないなどと言えるな。兄上が余計なことを言わなければ、オレも王位を継ぐかもしれないとしてみなに期待を寄せられ、愛されていただろうに……だがそんな可能性はすべて、兄上に奪われた！　そのオレの気持ちがお前にわかるか！」

　これまで溜めこんできたものを一気に吐き出すようなヴァリスの叫びに、リオンの顔が苦悶《くもん》に歪む。

　弟を追い詰めていたことに気づかなかった自らを責めているのか、それともそんなことを思わせてしまったことを悲しんでいるのか。

　だけど今にも泣き出しそうな歪んだ顔から涙がこぼれることはなく、代わりに「違う」という小さな声が絞り出された。

「何が違うと言うつもりだ。オレはたしかにお前が原因だと――」

「違う、違うんだ、ヴァリス。お前に王位継承権がないのは……お前がどうとかではなく、お前の……母親が、俺を……殺そうと、したからだ」

　そう言うリオンの顔は苦しそうで、嘘《うそ》だと言い返すことができなかったのだろう。ヴァリスの口が何度も開閉し、視線は定まることなくさまよっている。

　だけど、ここまで言い募ってあとには引けなくなったのか、ヴァリスは顔を引きつらせながらも口を閉ざし続けることはしなかった。

「なん……だ、それは……なん、で。それは……それこそ、どうして、なんで、そんな重要なことを……どうしてオレに黙っていた。そんなのは、それこそ、聖女の力よりも、伝えるべきことだろう……なのに、どうして、誰《だれ》も……そんな話、信じられるわけが……」

震《ふる》えた声で絞り出されたヴァリスの言葉に、リオンは答えることなく視線を地面に落とした。

その沈黙が、彼の話が真実なのだということを雄弁《ゆうべん》に物語っている。ヴァリスの顔から血の気が引き、体から怒りが抜け落ちた。

「……ヴァリス」

「っ……うるさいうるさい！　今は、お前の話なんて聞きたくもない……！」

リオンの弱弱しい声にヴァリスはぐっと顔をしかめ、顔も見たくないというようにリオンに背を向け、走り去る。

それを追いかけるだけの余裕はリオンにはないようで、彼は力なくうなだれながら、アリシアに取り繕ったような微笑みを向けた。

「すまない。見苦しいところを見せてしまったな」

気づけば雨は止《や》んでいて、湿《しめ》った外套から水が滴《したた》り落ちる。それが彼が泣いているように見えて、アリシアはそっとリオンの冷えた頬《ほお》を包みこんだ。

「……すまない、アリシア。こんなことを、君に話すのは間違《まち》っていると、わかっている。だがそれでも……少しだけ、俺の話を聞いてくれないか……」

くしゃりと歪んだ顔にアリシアは静かに頷いた。

◇◇◇

リオンの母親が亡《な》くなったのは、彼が生まれて間もない頃《ころ》だった。

彼の実の母は肖像画《しょうぞうが》の中で赤子を抱きしめている女性でしかなく、そこに特別な思い入れはなかった。

後妻として父のもとに嫁《とつ》いできた女性のほうが彼にとっては母のようで、慕い、懐《なつ》いていた。彼女《かのじょ》も明るく笑いながら慕ってくるリオンに気を良くし、可愛《かわい》がっていた。

そんなふたりの関係が変わったのは、継母《けいぼ》と父の間に子供が産まれてから。

彼女は他国の第四王女として生まれ、王族であることを誇《ほこ》りとしていた。だからこそ、自らの子が王位継承権二位だったのが許せなくなったのだろう。

だんだんとリオンによそよそしくなり、リオンが七歳《さい》になった頃、完全にふたりの関係は断《た》たれた。

それは冬の寒い日のことだった。リオンは彼女が母国から連れてきた騎士《きし》に誘《さそ》われ、城外に出かけていた。

リオンにとって騎士は幼い頃から知っている相手で、継母に対するのと同じく慕い、懐いていた。散歩に行こうと誘う彼《かれ》の言葉に、リオンはまた一緒に遊べるのだと顔を輝《かがや》かせて、彼の手を取った。

市場を覗《のぞ》き、のんきに散歩していたリオンは、綺麗《きれい》な花が咲《さ》く場所があると言う彼の言葉を疑いもせず、見つかるとまずいからという言葉に従い、隠れるように城壁《じょうへき》を抜けた。

もっと早く、それこそ城壁を抜ける前に何かがおかしいと気づけていれば、リオンは傷ひとつ負うことなく城に戻《もど》り、変わらない生活を送れていただろう。

だがリオンは完全に彼と、そして彼の主である継母を信頼しきっていた。綺麗な花を摘《つ》んで帰れば、最近はあまり顔を合わせなくなった継母に喜んでもらえるのではと顔を輝かせてすらいた。

だが、人気のない道を歩くことに、少しずつ日が暮れていくことに、リオンはだんだんと不安を抱きはじめた。

「ねえ、花はどこに咲いているの？　あまり遅《おそ》くなると、怒られるよ」

「ええ、殿下。もうすぐですのでご安心ください」

完全に日が落ちて、リオンの目に涙が浮かびはじめても騎士は足を止めなかった。

「ねぇ、もう疲《つか》れたよ。花はもういいから、帰ろうよ」

「それは困りましたね。では殿下。私が抱いて歩きますので、もう少しだけ頑張《がんば》りましょう」

ひょいと抱き上げられ、リオンは体を強張《こわば》らせたが抵抗することはしなかった。騎士の体は屈強《くっきょう》で、子供の自分では太刀《たち》打ちできないとわかっていたからだ。

何かがおかしいと思いながら追及《ついきゅう》しないのも同じ理由だった。杞憂《きゆう》であればいいが、もしもそうでなかった場合、反抗することすら許されないと、心のどこかで理解していた。

「ねぇ、寒いよ。もう帰ろう。父さまも継母さまもきっと心配しているよ」

「ええ、そうですね殿下。あと少しですので、ご安心ください」

降りはじめた雪にリオンが体を震わせても騎士の足は止まらない。ただまっすぐに、前だけを見て歩いていた。

もしかしたら、彼もどうすればいいのか悩《なや》んでいたのかもしれない。リオンが信頼するぐらい、彼はリオンを可愛がっていた。たとえヴァリスが生まれるまでの間だけだったとはいえ、たしかな関係を築いていたはずだった。

だけどそれでも、彼が止まることはなく、寒さで体を震わせるリオンの体を外套で隠しながらも、帰ろうとはしなかった。

「殿下、恨《うら》むなとは言いません」

騎士の足がようやく止まったのは、もうすぐ夜が明けようとしていた頃だった。リオンを雪の上に下ろすと、騎士は淡々《たんたん》とそう告げた。

「恐れ多いと知りながら、あなたを弟のように思っていました。それでも、私は主の命に背くことはできないのです。だから許せとは言いません。恨んでいただいて構いません」

彼の言葉と抜かれた剣《けん》の輝きが、慕っていた騎士と慕っていた継母が自分の命を奪うことを物語っていた。

そしてそのまま、泣くことも笑うこともできずに命を散らす――はずだった。

降り積もる雪に体温が奪われ、流れる血は止まらず指先まで凍《こお》りつき、体の痛みが消えても裏切られたという胸の痛みは消えない。このまま死ぬのだと、助からないのだと悟《さと》り、受け入れようとしていた彼の耳に、歌が届いた。

春の陽だまりのような心地よい歌声が、悲しみに暮れ絶望に染まっていた心を、痛みすら失った体を温かく包みこんだ。

こんな最期《さいご》なら悪くない。そう思えるほどに穏やかで優しい音色に誘われて、意識を手放した。もう二度と目覚めることはないのだと思いながら。

だが、目覚めた。切られた服はあるのに血は止まり、傷もふさがっていた。あの歌が助けてくれたのだと、死にゆく体を、心を救ってくれたことはすぐにわかった。

雪の上に残された小さな足跡《あしあと》が、立ち去ってからまだそれほど時間が経《た》っていないことを教えてくれている。だがリオンは足跡を追うことはせず、来た道を戻った。

リオンを救ったのは歌だけではない。騎士のためらいが、結果としてリオンの命を繋いだ。

もしも情のかけらもなく胸を一突きされていれば、リオンは呆気《あっけ》なく命を落としていたはずだ。

彼がせめて神のそばでと思い、教会まで足を運んでいなければ、リオンは誰にも見つけられることなく雪の中に埋もれていただろう。

そのことをリオン自身よく理解していた。だが、道中で自ら命を絶った騎士を見つけても足を止めることはなく、ただひたすら、帰ることだけを考えた。

そうして帰り着いたリオンは自らが継母の騎士に殺されそうになったこと、証拠《しょうこ》として彼が死んでいる場所を告げて——そのまま気を失った。

傷こそ癒《い》えてはいたが、流れた血や夜通し歩いた疲れまでは取れていなかったのだろう。

リオンが目覚めたのはそれから二日ほどしてからだった。体の怠《だる》さに体を起こすことすら億劫《おっくう》だった彼は何をするでもなく、ただぼんやりと天井《てんじょう》を見つめた。

看病しに侍女《じじょ》が時折訪《おとず》れる以外はひとりで、目覚めたときこそ父親が見舞《みま》いに来たが、それ以降は一度も顔を見ていない。

騒《さわ》ぎになっているのは外から聞こえる喧噪《けんそう》でわかっていたため、不満に思うことはなかった。

父は王で、その妻が罪を犯《おか》したのだから見舞いにくる暇《ひま》などあるはずがない。しかたないことなのだと納得していた。

それよりも、継母に、騎士に、抱いていた信頼を裏切られたことのほうが辛くて、胸にぽっかりと穴が空いたようだった。

——そんなある日、リオンは額にべちゃりと濡れた何かが置かれるのを感じて、目を覚ました。

「にぃちゃ、にぃちゃ」

聞こえてきた幼い声に目をやると、額に載っていた水の滴る布がベッドの上に落ちた。

おそらくは侍女の見様見真似《みようみまね》なのだろう。小さな手で布を取っては、ベッドの横に置かれたたらいの水に浸《ひた》し、リオンの額に置いて、もう一度取って浸して、置いて。それを繰《く》り返すおぼつかない手の動きや懸命《けんめい》に動く小さな体に、リオンの口元に自然と笑《え》みが浮かんだ。

「も、申し訳ございません！　目を離した隙《すき》に……すぐに部屋に戻しますので……！」

慌《あわ》てた様子で部屋に駆《か》けこんできた侍女が、ようやく三歳になったばかりのヴァリスの体を抱《かか》え上げる。にぃちゃ、と小さく呟《つぶや》き、侍女に向けて不満を訴《うった》えるように唸る弟に、リオンはそっと手を伸《の》ばした。

その手を——指を、ヴァリスの小さな手がぎゅっと握《にぎ》る。

「いや、いいよ。ここにいて……ほしい」

顔を水浸《みずびた》しにするのは勘弁《かんべん》してほしいけど、と笑うリオンに、ヴァリスもつられるように笑っていた。

リオンが調子を取り戻し、元気になったのはそれから一週間が経ってから。

そして寝込《ねこ》んでいる間に計画の失敗を悟った継母が毒をあおったこと、そのまま帰らぬ人になり、彼女の母国と話し合いを進めていること、今はヴァリスの処遇《しょぐう》をどうするかを話し合っているのだと知った。

「父上、ヴァリスのことは許してください。あの子は、子供で……まだ、何もわかっていないから、親のせいでひどい目にあうのはかわいそうです」

王もヴァリスをどうするか悩んでいたのだろう。

最初は渋《しぶ》っていたが、王族に籍《せき》を置くことを——家族であることを許してほしいというリオンの必死な訴えに頷いた。

ヴァリスの王位継承権を永久に放棄《ほうき》するという条件付きで。

「――いつかは、言わないといけないとわかっていたんだ」

心配そうにこちらを見つめるアリシアに、リオンは力なく微笑みかける。

「だが、どうしても言えなかった。……慕ってくれている弟に、お前の母親が俺を殺そうとしたんだなんて……言えなかったんだ」

王位継承権が知らないうちに失われていると知ったら、不満を抱《だ》くとわかっていたはずだった。だけどまだ子供だから、幼いからと先に延ばし――結局はそのせいでヴァリスを傷つけてしまった。

（もっと早く、教えていれば……）

ヴァリスを追い詰《つ》めることはなかったはずだ。だけど、いくら後悔《こうかい》しても時間を巻き戻すことはできない。

うなだれたリオンの頭に、ぽんと優《やさ》しく手が乗せられる。

顔を上げると、そこにはぎゅっと唇《くちびる》を引き結んだアリシアの姿。

心配をかけてしまったことに、大丈夫だと言おうとして。だけどそれよりも早く、これまで固く閉ざされていた彼女の口が開かれた。

「……リオン……さま」

たどたどしく名前を呼ぶ彼女の金色の瞳《ひとみ》は、夜闇《よやみ》を照らす月のように、力強く輝いていた。

◇◇◇

苦しそうに歪められたリオンの顔に、アリシアは胸の奥《おく》が痛くなる。彼の瞳からは涙一粒《なみだひとつぶ》零《こぼ》れていない。だけど心は傷つき、表に出てこないところで泣いているはずだ。

（泣かないで）

金色の頭に手を置くと、ちらりと赤い瞳がアリシアを見る。そこに映る自分の姿は、これまで散々修道女たちに気味が悪いと言われた姿。

だけどクロヴィス邸《てい》で知り合った人たちは、アリシアのことを悪く言ったりしなかった。

（姿だけじゃない……）

人を惑《まど》わせるのだと言い聞かせられ続けた声も、悪いものではなかった。

かつて歌を聞いて教会を去った少女は今も元気で、歌を聞いたクロヴィス邸の人たちは今でも優しくて、小屋にいた人たちの顔は喜びに満ちていた。

これまでずっと恐《おそ》れていた声も、姿と同じく修道女のついた嘘なのだと、ようやく確信が持てた。

（今度は私が、この人の力になりたい）

それを教えてくれたのはリオンだった。彼が教えてくれたから、勇気を出して歌うことができた。

だから今度は彼のために、勇気を出してゆっくりと口を開く。

「……リオン……さま」

歌以外の音を紡《つむ》ぐのは本当に久しぶりで、アリシアの口から絞《しぼ》り出された小さな声は、もしも雨が降り続けていれば、たやすく掻《か》き消えていただろう。

だけど雨は止み、すぐ近くにいるリオンに届くには十分な大きさだった。

驚《おどろ》きで見開かれた赤い瞳に、アリシアは今できる精一杯《せいいっぱい》の笑みを返す。

「私……ええ、と。大丈夫、です。絶対に、なんとか、します」

大丈夫。悪いものではないのだから、声を出しても惑わせないはず。バクバクと鳴る心臓をごまかすように力強く頷いて、アリシアはヴァリスが去ったほうに向けて走った。

「え？　ちょ、アリシア……!?　今のは!?」

そんなリオンの声を置き去りにしながら。

木々を抜け、少ししたところでアリシアはヴァリスの姿を見つけ、足を止めた。開けた場所でぼんやりとよどんだ空を眺《なが》める彼に、静かに近寄る。

あまり刺激《しげき》しないようにと気をつけていたが、それでも湿った土は歩くたびに音を立てて、近づいてくる者がいることをヴァリスに知らせた。

「……なんだ」

ちらりと振《ふ》り返ったヴァリスの顔はけわしくひそめられている。まさに不機嫌《ふきげん》そのものといった顔つきだが、その程度アリシアには見慣れたものだ。

冷たいまなざしだけを向けてきた修道女たちに比べれば、ヴァリスの顔のほうがかわいらしいとすら思える。

お構いなく近づくアリシアに、ヴァリスは舌を打つと視線を外し、苛々《いらいら》とした様子で正面の何もない空間を見つめた。

（とりあえず、逃《に》げる感じではなさそう）

ここまで走ってきただけでアリシアの息は上がっている。もしも逃げられたら、追いつくこともできずに見失っていただろう。

ほっと息をついて、アリシアはヴァリスの横に座《すわ》る。濡れた草や土が外套と服を越《こ》えてひんやりとした冷たさを伝えてくるが、構わなかった。

走り疲れた体は休息を求めていて、立っているよりも座っているほうが楽だったからだ。

「……どうしてこんなのが」

それだけの理由だったのだが、濡れた地べたに座るのはヴァリスにとってありえないことだったのだろう。彼の顔は不快だと言わんばかりに歪《ゆが》んでいる。

だけどそんな——貴族の流儀《りゅうぎ》やら作法などアリシアは知らない。どうしてヴァリスが信じられないとばかりに眉《まゆ》をひそめているのかわからず、はてと首を傾《かし》げた。

（よくわからないけど……とりあえず、話でもしましょう）

おそらく、長い話になる。立っているのは疲れるだろうと、ぽんぽんと地面を叩《たた》き、ヴァリスに座るように促《うなが》す。

だけどヴァリスがはいわかったと座ることはなく、代わりに舌打ちが落とされた。

「……兄上に連れ戻せとでも言われたか。お前の力には拘束《こうそく》し言うことを聞かせる効果でもあるのか？」

座る気はないが話をする気はあるようで、忌々《いまいま》しそうに吐かれた言葉にアリシアは首をゆっくりと振る。

ヴァリスと話しにきたのは、アリシアの独断だ。それにアリシアの力に言うことを聞かせるような力はない――はず。

（たぶん、ないよね）

傷を癒やし、心を落ち着ける効果があるらしいということはわかっているが、それ以外については確かめていないのでわからない。それに、確かめる気もない。

無理やり言うことを聞かせてもリオンのためにはならないし、むしろ彼の心をよりいっそう傷つけることになる。

「ならばなんだ。何をしに来た。オレを嘲笑いにでも来たのか。簡単に騙されたオレを……」

吐き捨てられた言葉は、アリシアに向いていない。自分の選択《せんたく》や行動を悔《く》やんでいるからだということが、その声色から伝わってくる。

だからアリシアは追及することはせず、また静かに首を振った。

「なら哀れみにでも来たか！　それとも愚かな男だと蔑みに来たのか！」

苛立《つの》たちを募らせ、叫《さけ》ぶように言い放つヴァリスに、アリシアはもう一度首を振る。

「ならば、何をしに来たと言うつもりだ……！　そこに黙って座っているために来たとでも言うつもりなのか！」

そこまで言われてようやく、アリシアは自分が一言も発していないことに気がついた。

何しろアリシアはこれまで、自ら進んで話をしようとしたことがない。アリシアにとっての普通《ふつう》は喋《しゃべ》らないことで、意識して喋るという習慣が身についていなかった。

しまった、と大きく目を見開いたアリシアは、気を取り直すように——正確にはごまかすように立ち上がり、じっとヴァリスを見つめる。

「あの……私は……外に、出ることができました。あなたのおかげ、です。あなたが、聖女を迎《むか》えに来てくれた、から、です」

「……嫌味《いやみ》でも言いに来たのか」

アリシアのたどたどしい言葉に、ヴァリスの顔がぐっとしかめられる。

それにアリシアは首を振って答えた。嫌味ではなく、事実だから。

ヴァリスがカミラを教会から連れ出したから、アリシアはいらなくなった。

殺されかけこそしたが、ヴァリスが来なければアリシアは外の世界を知ることなく、死ぬまでずっとあの地下に閉じこめられていただろう。

「きっと、方法を……間違えたの、です。でも、私はあなたのおかげで、救われました。それは、たぶん、ここの人たちも同じ、です」

聖女が来てくれたのだと、彼らは喜んでいた。もしもそれがなければ、彼らの不満はもっと別の形で、もっと早く爆発《ばくはつ》していただろう。

だけどヴァリスの行動が、それを遅《おく》らせた。どうしようもない憤《いきどお》りが支配していた心に、たとえかりそめでも救いを与《あた》えたから、彼らは耐《た》えられた。

「ええ、と。彼らは笑っていて……そこに、あなたがどんな考えがあったのだとしても……救われた人は、いたのだと、思うのです」

もしも何かひとつでも違《ちが》っていたら、結果は最悪なことになっていただろう。

たとえば、ヴァリスが迎えに来て現れたのがアリシアだったら。マティアスが助けに来てくれなかったら。もしもここにアリシアがいなければ。

最悪に至る可能性はいくらでもあげられる。そのことはアリシアもわかっている。

だけど結果として救われた人がいるのも事実だ。それに方法を間違えたと自省できるのであれば、今度は間違えないように注意すればいい。

どうしようもない事態に陥《おちい》らなければ、やり直すことはできる。それを手伝ってくれる人が、ヴァリスのそばにはいるはずだ。

（それに……きっと、リオンさまは、この人に笑っていてほしいはず）

そうでなければ、リオンはあそこまで落ちこまなかっただろう。大切な弟だから、悔やみ、嘆《なげ》いていた。

「あの、私は、話すのに慣れてないので……上手に伝えられてないかも、ですけど、ええと……傷ついたことを、間違えたことを悔やんでいるのなら、大丈夫《だいじょうぶ》、です」

「……オレが落ちこんでいるとでも思ったのか。兄上の探していたものを騙して奪《うば》おうとしていたオレが、この程度のことで落ちこむような殊勝《しゅしょう》な男だとでも？」

悩むようにアリシアは首を傾《かたむ》ける。

ヴァリスがどういう人物なのかアリシアは知らない。マティアスとリオンの話にたまに出てくるだけで、細かな人柄《ひとがら》について聞いたことは一度もなかった。

話の内容から想像できるのは、衝動的《しょうどうてき》に突っ走ることがある人、ぐらいだ。

「……わからない、です」

「そうだろうな。それでよく、そんなことが言えたものだ」

は、と鼻で笑うように言われ、アリシアはたしかにと頷《うなず》いた。

落ちこんでいるとか、自責の念に駆られていそうだというのは、アリシアがそう感じただけで、実際にヴァリスがどういう思いを抱いてここにいるのかはわからない。

だけど、わかることがひとつだけあった。

「でも、そこまで悪い人ではないと……思うの、です」

私欲のために誰かの自由を奪い思想を奪い自我《じが》を奪うような真似《まね》をしそうには見えない。

自分のために人を陥《おとしい》れることはするかもしれないが、それでも方法は選びそうだ。

聖女を迎えたのだって、断られればそれまでなのに無理やり連れ去ろうとはしなかった。土砂《どしゃ》崩《くず》れのあった地域に赴《おもむ》いたのだって、マティアスが言っていたように危険を孕《はら》んでいるのに単身——正確にはカミラもいるが——乗りこんできた。見ようによっては、傷ついた人たちを一刻も早く助けたくて、という風に見えなくもない。

だからきっと、挽回《ばんかい》する余地が彼には残されている。

「だから、謝って、やり直しましょう」

「……お前も、オレに謝れと言うのか。王族であるオレに、簡単に頭を下げろと……」

「謝れるときに、謝るほうがいいと……私は思うの、です」

反省の意思を示すことはできても、謝罪の言葉を口にすることはできなかった。

そしてその意思だって、相手に伝わらなければ意味がない。

雪の中から子供を見つけたとき、もっと早く見つけていればと後悔した。

お喋りな少女に歌を聞かせ、彼女が去ったと聞いたときも、同じように悔いた。

だけどそれを伝えるための言葉も、伝える相手も、そのときのアリシアには存在しなかった。

「リオンさまも、あなたに謝りたいと……思っているはず、です」

「兄上がオレに？　なんの冗談《じょうだん》だ。そんなこと——」

「あなたを傷つけたと知って、悲しんで、いました。……そんなつもりじゃなくても、誰かを傷つけることはあって、だから、謝れるのなら謝って……許せるのなら、許すことも大切だと、思うのです」

謝って許し合って、それで関係を修復できるのなら、決定的な何かが起きる前に——完全に分かたれる前に、そうした方がいい。

食《く》い違ってすれ違って、互《たが》いに恨みを抱いたまま離《はな》れるのは、おそらくどちらにとっても辛いはずだ。

「だから、ええと、あなたも、リオンさまを本気で嫌《きら》っているわけでは、ないと、思うので……それに、リオンさまも、あなたを大切にしているので……最悪なことになる前に、話すほうが……いいかなって、思って……」

アリシアはこれまで、自らの意思を言葉で伝えようとしたことがなかった。だからか、考えることはできるのに、実際に言葉にしようとすると中々まとまらない。

本当にこれでいいのか、自分の思っていることが通じているのか。不安になりながらも言葉を尽《つ》くす。

「だから、その……リオンさまは、あなたを本当に大切にしていて……これからどうするか、必死に考えて、助けてくれるのだと、思うのです。愛されることを奪われたと、あなたは言っていたけど……リオンさまは、きっと、あなたを愛していて……みんな、ではないので、物足りないかもですが……」

もっと言葉が達者であればと今ほど悔やんだことはない。必死に頭を働かせながら話すアリシアに、ヴァリスの目が鋭《するど》く光る。

「なるほど、兄上のためか」

「あ、はい」

ヴァリスのことはよく知らないが、リオンのことは知っている、はず。そう思って素直《すなお》に頷くと、ヴァリスは気が抜けたように息を吐《は》きだした。

もしもここで彼の嫌味にアリシアが取り繕えば、粗を探《さぐ》りそこを突くつもりだったのだろう。だけど嫌味と思われることなくはっきりと頷かれ、次の手を失ってしまったようだ。

脱力《だつりょく》したヴァリスの様子に自らの勝機を見出《みいだ》したアリシアは、なおも言い募ろうと口を開き――。

「もういい。お前の言いたいことはわかった」

遮《さえぎ》るように顔の前に手が立てられた。アリシアを見下ろす赤い瞳には険が残っているが、怒《いか》りや憎《にく》しみは消えている。

それならこれ以上は言わなくても大丈夫だろうとアリシアが頷くと、ヴァリスの足がその場から立ち去るように動きはじめた。アリシアが来た道――リオンがいる方に向けて。

「――おい、何をしている。まさかオレにひとりで謝《あやま》りに行けと言うつもりか」

ぼんやりとその背中を見送ろうとしていたアリシアに厳しい声が飛んでくる。アリシアはぱちくりと目を瞬《まばた》かせてから、リオンとふたりきりになるのが気まずいのだというヴァリスの気持ちを汲《く》み取り、全力で頷きながら彼の後を追った。

そうして戻ると、なんとも表現しがたい顔をしているリオンが待っていた。

「アリシア……」

心配そうに見下ろす瞳には、疑問と安堵《あんど》、それからヴァリスと一緒《いっしょ》に戻ってきたことに対する驚きが混ざっている。

だけど名前を呼んだきり口を閉ざしてしまったリオンに、アリシアは大丈夫だと頷いて返した。

(きっといろいろ聞きたいことがあるんだと思うけど……まずは――)

ちらりと斜《なな》め後《うし》ろに立つヴァリスを見ると、彼は眉間《みけん》に皺《しわ》を刻みながら気まずそうに視線を逸《そ》らしている。

さっきはああ言ったものの、いざ本人を前にするとどう切り出せばいいのかわからない。そんな顔をしながら口を開閉させていたヴァリスだったが、やがて意を決したように言葉を紡いだ。

「兄上……」

緊張《きんちょう》が滲《にじ》む声に、リオンはすぐさま顔を引き締《し》め、居住まいを正す。張り詰めた空気に、アリシアはごくりと唾《つば》を飲み、はらはらしながらふたりを見守った。

喧嘩《けんか》の仲裁《ちゅうさい》はこれが初めてで、喧嘩を見ること自体これが初めてだ。大丈夫だとは思ってはいるが、確信はなく、どうしても緊張してしまう。

「……申し訳、ございませんでした」

しばらく沈黙《ちんもく》が続き、ようやくヴァリスの口が開かれた。ぐっとしかめられた顔はどことなく泣きそうで、声はわずかに震えていて、彼の胸中に渦巻《うずま》く複雑な感情がうかがえる。

(長い間、いろいろなことがあったみたいだし……)

ヴァリスの憎しみがいつ芽生えたのかはわからないが、昨日今日の話ではないはずだ。年単位で思いをくすぶらせ、積もりに積もらせたものが、勘違《かんちが》い——どころか、自らの母親が原因だと知ったのだから、驚きとまどうのも無理はない。

だけどそれ以上に、これまで積み重ねてきた鬱憤《うっぷん》を吐き出してしまった罪悪感のほうが

強くて、どうすればいいのかわからないのだろう。

「謝罪は、受け入れよう。それに俺《おれ》も……お前に謝らなければならないからな」

そんなヴァリスに、リオンの口元に自嘲《じちょう》めいた笑みが浮《う》かぶ。

「今まで黙《だま》っていてすまなかった。そのせいで、お前にいらない邪推《じゃすい》をさせてしまった」

ヴァリスの顔がいっそうしかめられるが、彼は何も言わなかった。もっと早く教えてくれていればと言いかけたのを、寸前で呑《の》みこんだのかもしれない。

そして一拍《いっぱく》置いて、ゆっくりと首を振る。構わないと言うように、リオンの謝罪を受け入れるように。

和《やわ》らいだ空気によかったよかったとアリシアが肩《かた》の力を抜こうとした瞬間《しゅんかん》、リオンが「それと」と言葉を続けた。

「彼女……アリシアにも謝ってほしい」

何故《なぜ》、とアリシアは目を瞬かせる。どうしてそこで自分の名前が出るのか。

ヴァリスと会うのはこれが初めてで、謝られるようなことをされた覚えはない。

ヴァリスもそう思っているのか、眉間に皺を寄せている。

「意図したことではないとはいえ、お前の行動が彼女を巻きこんだ。そのことについて、詫《わ》びる必要があるはずだ」

たしかに、ヴァリスが行動していなければ今ここにアリシアはいない。

だけど巻きこまれたと思ったことは一度もない。彼が動いていなかったら、何も知らず、何もわからないまま、教会の地下で一生を終えていた。

(私がありがとうと言うべきなんじゃ、ないかな)

実際ヴァリスにはあなたのおかげだと伝えてある。ちらりとヴァリスを見ると、彼は険しい顔をしてぐっと唇を嚙《か》みしめていた。

リオンに対して引け目があるから、何も言えずにいるのだろう。ならやはり、自分から断るべきだと思い、アリシアは一歩前に出る。

しかしそれより先に、ヴァリスが小さく頭を下げた。

「すまない……迷惑《めいわく》をかけた」

絞りだされた声に、アリシアはぎょっと目を見開いて、首を振る。

ヴァリスはアリシアのことを知らなかった。結果的に巻きこんだことになったのだとしても、不可抗力《ふかこうりょく》だったのは間違いないし、責めるつもりなんてこれっぽっちもない。

「アリシア、この謝罪は受け取っておいたほうがいい。ヴァリスが何もしていなければ、君がここまで……危ないところまで、足を運ぶ必要はなかった。君に助けられはしたが、それでヴァリスがしでかしたことがなくなるわけではない」

リオンの言葉に、アリシアはヴァリスをちらりとうかがい見る。

下げられたヴァリスの顔はいまだ険しいままだが、不満そうにはしていない。

むしろ少しだけ気まずそうに見えて、彼なりに考えての謝罪だったことが伝わってくる。

(それならたしかに、素直に受け取るべきなのかも)

そう思ってアリシアが頷くと、リオンも納得《なっとく》したように頷き、静かに口を開いた。

「これ以上、俺から言うことは何もない。だが、民を混乱に陥らせようとした事実は残っている。……実際に処分を決めるのは父上になるだろう。実害が出ていないからさほど重い罰《ばつ》は与えられないとは思うが……覚悟《かくご》はしておくといい」

「……わかっています」

ぎゅっと眉根《まゆね》を寄せながら頷くヴァリス。

それを見下ろしながら、リオンはひとつ息をつくと、改めて口を開いた。

その表情は先ほどよりもずっと真剣《しんけん》で、彼がこれから口にする言葉がとても重要なものなのだとわかる。

だからアリシアも、しっかりと耳を傾けようと姿勢を正す。

「そして、お前が城に迎え入れた女性についてだが……これから捕《と》らえるつもりだ。口も出さないように」

その女性というのは、カミラのことなのだろう。ヴァリスの赤い瞳がはっきりと揺《ゆ》れる。

「しかし、兄上。彼女は……オレが巻きこんだだけです。今回の件には何も――」

「たとえそうだとしても関係ない。お前がしでかしたことと、彼女がしでかしたことは別の話だ。だから……そうだな。生きた石像にでもなったつもりで、ただ黙って見ているといい」

それだけ言うと、リオンは踵を返し、その場から離れていく。

あとを追いかけるように、アリシアたちもまた歩き出した。

◆◆◆

一方カミラは、聞こえてきた歌の衝撃《しょうげき》が抜《ぬ》けきれず、ひとり佇《たたず》んでいた。

弾かれたようにリオンが去り、そのあとをヴァリスが追い、雨が止《や》んでもなお動くことができず、顔をひきつらせる。

(何よ、あれ。あんなの、真似できないわよ)

たかが歌だと思っていた。

奇妙《きみょう》な歌だと、祈《いの》りに来た人から聞いたことがある。だけど、奇妙でもなんでも歌はしょせん歌に過ぎない。

誰《だれ》かに歌ってほしいとねだられたら、聖歌のひとつでも歌えばいいと思っていた。

そう思っていたのは、カミラだけではない。カミラがヴァリスのもとに行くと決まったとき、修道女や司教は力を求められたら恋《こい》をしたと言えば大丈夫だと、そしてリーリア教の品位を貶《おとし》めるようなことはするなと、カミラに教えていた。

歌に関して何も言わなかったのは、たとえ前と違うと指摘《してき》されても練習して上手になったのだと言い張ればなんとかなると、教会にいた人たち――聖女の歌を聞いたことのない人は、そう考えていたからだ。

(何が大丈夫よ。力を失ったって言えばいいって……全然大丈夫じゃないわよ、あんなの)

だけど聞こえてきた歌は、上手《うま》いとか下手とかいう次元ではない。

貴族の中にもあの歌を聞いたことのある者がいる。カミラが城に留《とど》まり続ければ、いずれは顔を合わせることになるだろう。

そのときに、もう一度あの歌を聞きたいとせがまれても応えることはできない。

(……逃げないと)

恋をしたと言ってもヴァリスにはなんとかしろと詰め寄られ、侮《あなど》っていた歌は絶対に真似できない代物《しろもの》だった。

そしてカミラが偽者《にせもの》だと知られるのは時間の問題だ。今こうしている間も、誰かが本物を見つけているかもしれない。

どうしてこんなところにいるのか、どうしてこんなところで歌っているのかといった疑問を抱くよりも先に出た結論に、カミラは身を翻《ひるがえ》した。

「……っ！」

だけどいくらも行かないうちに、カミラの足は止まった。

そこかしこを何かを探すように人が行き交《か》っている。彼《かれ》らに紛《まぎ》れてこの場を離れるのは難しい。泥《どろ》で汚《よご》れた彼らの中で、外套《がいとう》をまとい、濡《ぬ》れているだけのカミラはよく目立つ。

偽者として追われることを考えると、誰かの目に触《ふ》れるのは避《さ》けたい。足取りを追われれば、すぐに捕《つか》まってしまう。

どこか人気のない場所はないか。人目につくことなく逃げられる場所はないか。

どうにかできないかと必死に探し――。

「あ……！　いた！」

だけどカミラが逃げ場所を見つけるよりも早く、大きな声が響《ひび》いた。

「おーい、こっちにいたぞー」

声を張り上げている青年の目も指先もカミラに向いている。敵意があるわけではないが、敬意もない。

聖女として崇《あが》められ、尊敬、畏敬《いけい》、親愛、そんな視線ばかり向けられていたカミラにとって、それは久しく感じていなかったものだ。

(聖女だと、思われていない……)

来た道を戻《もど》ろうと後ずさりするが、わらわらと集まってきた人だかりによって阻《はば》まれる。

進むことも戻ることもできないカミラに落ち着いた声が向けられる。

「ああ、よかった。まだ近くにいてくれたようで、助かったよ」

人混みを割って現れた金色の髪《かみ》と優しげな赤い瞳に、カミラは目を瞬かせた。

(……もしかして、まだ気づかれていないのかしら)

リオンの顔には騙《だま》されたという怒りも蔑《さげす》みも浮かんでいない。城で向けられていたのと変わらない優雅《ゆうが》な笑みに、安堵の息をつく。

「リオン様! みなさまの様子がおかしくて、どうすればいいのか困っておりましたの」

困惑《こんわく》したように胸元《むなもと》で手を握りながら、瞳を潤《うる》ませてリオンを見上げる。

ヴァリスほどではないが、リオンもよくしてくれていた。いつだって優しく微笑《ほほえ》みかけて、不便はないかと何度も聞いてくれて、これまでの生活との違いにとまどってはいないかと配慮《はいりょ》してくれていた。

だから、彼なら助けてくれるはずだと——偽者だと気づかれていないはずがないのに、そんな希望を抱いてしまった。

「そうか、それは大変だったね。……みな、手を貸してくれて助かった」

お役に立ててよかった。そんなことを口々に言いながら離れていく人々に、カミラの顔にとまどいが生まれる。

じり、と後ろに下がりかけたカミラの腕《うで》をリオンが掴《つか》んだ。絶対に離すものかという意思を感じる力強さで。

「あ、あの、リオン様……?」

「聖女も君のことを待っているから、行くとしよう」

「リオン様……きっと、何か誤解されているのではありませんか。私は……」

「申し開きがあるのならあとで聞こう」

返事を待つことなく歩き出すリオンに、カミラは顔を引きつらせるが、彼の手を振りほどくほどの力はなく、この窮地《きゅうち》を脱《だつ》する知恵《ちえ》も持ち合わせていない。

だから、おとなしく従うしかなかった。

(どうしよう……どうすればいいの……)

それでも諦《あきら》めずに、なんとかこの場を脱する方法はないかとリオンの横顔を見上げる。

そこには、先ほどまでの柔《やわ》らかな笑みの代わりに苛々とした不機嫌な表情が浮かんでいた。カミラが何を言おうと、何をしようと聞き入れるつもりはないのだとわかる顔に、カミラは体を震《ふる》わせる。

このままではまずいと、どうにかしなければと思うのに、どうすることもできず――やがてたどり着いたのは、鬱蒼《うっそう》と茂《しげ》る森の中だった。

そこにいたのは見知った顔と、見知らぬ少女。しかし、彼女《かのじょ》が誰なのかはすぐにわかった。

(彼女が……)

気味の悪い見た目をしていると、神に与えられた色のないみすぼらしい髪だと、彼女を知る人は蔑んでいた。

だけど嘲《あざけ》られていた白い髪は木々の隙間《すきま》から差しこむ陽の光を受けて淡《あわ》く輝《かがや》き、神に与えられたと言われる金色の瞳はまるで宝石のように煌《きら》めいている。

(こんなの、気味が悪いどころか……)

むしろ神々《こうごう》しさすら感じさせる。

それなのにどうして蔑まれていたのか――その答えは明白だった。

彼女が、聖女だからだ。百年もの間待ち望み、ようやく現れた聖女だからこそ、完璧《かんぺき》であることを求められた。金色の髪と瞳、その両方を持っていることが望まれた。

だからこそ、片方しかないことに落胆《らくたん》し、失望し、嘲《あざわら》った。

（なら、私は……私が許されたのは……）

美貌《びぼう》があるから、聖女になってほしいと頼《たの》まれた。聖女ではないから、金色の髪と美貌だけでいいと――完璧でなくて構わないと、思われていた。

聖女として崇められていたカミラも結局、あそこにいた人たちからすれば見下す対象でしかなかったのだと、ようやく気づかされた。

「アリシア、すまない。待たせてしまった」

リオンの声に、白い髪の聖女――アリシアがゆっくりと頷く。彼女はちらりとリオンを見ると、またカミラに視線を移した。

こちらを見透《みす》かすようなその瞳に、カミラは思わず目を逸らす。それでも、口を閉ざすことはしなかった。

「わ、私……知らなかっただけなの。聖女が、こんな……私と、同じぐらいの子だって、だから……」

打ちひしがれている場合ではない。何もしなければ、ただの偽者として処断される。

それにアリシアが少女であることを知らなかったのは本当だ。

アリシアを見たのはこれが初めてで、カミラが教会に来るずっと前からいると聞かされていたから、もっと年上なのだと思っていた。

「もしも、もしも知っていたら、私だって……もっと、なんとかしようって……」

自分と同じぐらいの子供だと知っていれば、仲良くなりたいと思ったかもしれない。もっと早く出会えていたら、何かがおかしいと気づけたかもしれない。

――だから、自分のせいではない。そう言い募るカミラに、リオンがため息を落とした。

「アリシア。君はどう思う？」

リオンの問いかけにアリシアの首がゆるやかに傾げられた。丸い目は相変わらずカミラに向いていて、そこには敵意も害意もない。金色のガラス玉を埋《う》めこんだかのような瞳は、どこまでも澄《す》んでいて、何の感情も浮かんでいない。

（どうして、何も言ってくれないの）

アリシアは散々、この言葉で伝わるのか、間違《まちが》えていないか考えに考えて、必死に歌以外の音を発していて――つまり、話し疲《つか》れたのである。それに元々、話すこと自体慣れていない。だがそうと知らないカミラは、落ちる沈黙に焦燥《しょうそう》を募らせる。

そして言葉の代わりに、ゆっくりと首を振られる。まるで許しはしないと言っているような所作に、カミラの顔が絶望に染まった。

「そ、そんな……あなたは、聖女なんでしょ。だったら、寛大《かんだい》な心で私を……私の過《あやま》ちを赦《ゆる》してくれても――」

「いや、彼女は……許すも何も君には何もされていないから、何を許せばいいのかわからない……そう言いたいんだ」

「な、なら……！」

アリシアがカミラを咎《とが》めていないのなら。聖女と名乗りはしたが、当の本人が気にしていないのなら――希望が見え、一瞬《いっしゅん》で顔を明るくさせたカミラに「だが」と冷やかな声が向けられる。

「君は聖女が別にいることを知っていただろう。だが何も言わず、彼女が受けるはずだった恩恵《おんけい》を享受《きょうじゅ》していた。いるはずの聖女を一度も見たことがないのに、何も疑問に思わなかったのか？　誰かに知らせようとは思わなかったのか？　聖女が不当な扱《あつか》いを受けていると知るには、十分な期間を教会で過ごしていたはずだろう」

「そ、そんなことを言われても、私は……私はただ、そうするよう言われていたからで……だから………私だって、やりたくてやったわけではないのです。ほかにどうすることもできず……ヴァリス様、ヴァリス様なら、私が悪いのではないと、わかってくれますよね」

立て続けに責められ、カミラの視線は自然とヴァリスに向いた。

妃《きさき》にしたいと言ってくれて、ここまで連れて来た彼ならきっとなんとかしてくれるはず。彼はいつだって、カミラに優《やさ》しかった。それに――。

「私を助けてくださると……何があっても守ると、傷ひとつ付けないとおっしゃってくださっていたではありませんか」

熱のこもった瞳《ひとみ》でそう約束してくれた。あのときの声も触れた手も覚えている。

彼の言葉はすべて真実だったはずだ。それなのに、ヴァリスは赤い瞳を揺らして、視線を逸らした。

「ヴァリス様……？」

どうして何も言ってくれないのかと名前を呼ぶと、ヴァリスの顔が苦しそうに歪む。何も言えないのだと、助けることはできないのだと、その態度が雄弁《ゆうべん》に語っていて――ため息がひとつ、落とされた。

落としたのは、カミラが懇願《こんがん》する様をただじっと見ていたリオン。

「君が犯《おか》した罪は、彼女の存在を知りながら何もしなかったことだけではない……君は故意に王族を騙した。自らを聖女ではないと知りながら、聖女としてヴァリスに接しただろう。その罪が覆《くつがえ》ることはない」

もう逃げ場はないのだと告げられて呆然《ぼうぜん》と立ち尽くすカミラに、リオンは静かに言葉を続けた。

「だが、君の言うとおり同情の余地があるのなら……君が嘘偽《うそいつわ》りなく教会の内情を語るのであれば、場合によっては恩情を与えることも考えよう」

リオンはそう言い切ると、これ以上話すことはないというように視線をヴァリスに移した。

「ヴァリス。彼女が逃げ出さないように見張っていろ。もしも逃がしたらどうなるかは……わかっているな」

「……ああ」

顔に苦渋《くじゅう》をにじませながらヴァリスが頷くと、リオンは興味を失ったかのようにカミラから離れ、アリシアに向けて手を差し伸《の》べた。

柔らかく、優しく――カミラに向けていたのとは違う熱を赤い瞳に灯《とも》しながら。

◇◇◇

ヴァリスたちから離れ、ふたりきりになったアリシアは、隣《となり》に立つリオンをちらりと見上げた。

（いろいろ解決したはずだけど……でも、なんだか不機嫌《ふきげん》そう）

少しだけ、口《くち》の端《は》が引きつっているように見える。だけど弟の確執《かくしつ》やらカミラに関する問題は、完全ではなくてもある程度は片付いたはずだ。

（疲れたのかな）

どうしてだろうと首を傾げると、そのわずかな動きが繋《つな》いだ手から伝わったようで、リオンの顔がさらに曇《くも》った。

「ああ、いや、すまない。君が気にするようなことではないのだが……どうしてこんなときに、と……こんな状況《じょうきょう》でなければ、きっともっと話せたのにと、思ってしまったんだ。君が話し疲れているのはわかっている。わかっているんだが、それでもどうしてその時間のほとんどを俺ではなく……いや、俺のためだというのは、わかっている。それでも、考えてしまうわけで……」

悔やむような惜《お》しむような顔で、リオンが言葉を並べていく。どうやら彼の中でも考えがまとまっていないようで、要領を得ない。

だけどそれでも彼の言いたいことはアリシアに伝わった。

（ええと、つまり……私と、話したかった、ということ？）

要約してしまえば、そういうことなのだろう。

ぱちくりと目を瞬かせるアリシアに気づかず、リオンはさらに言葉を重ねた。

「それに、どうして話せるようになったのか……わからないことだらけで……君にいったい、何があったのか……」

ぶつぶつと呟《つぶや》く声は小さく、アリシアに語りかけているというよりは、自分の考えをまとめていると言ったほうがよさそうだ。

だが、リオンの思考が先ほどとは違うところに向きはじめていても、アリシアは気にしていなかった。リオンが自分と話したいと思っていたことがわかり、胸に広がる温かさに、自然と頬《ほお》がほころぶ。

「あ、の……リオン、さま」

ぴたりとリオンの足が止まる。彼の赤い瞳が瞬き、アリシアを見下ろした。

話し疲れているし、なんなら歩き疲れてもいる。今すぐこの場で寝転《ねころ》がっても眠《ねむ》れそうなぐらいだ。

それでも彼と話したいと、アリシアも思ってしまった。

「私は……その、教会の人が、私に話すな、と……」

魔性《ましょう》の声を持っている。アリシアの声は聞いた者の心を乱し、惑わせる。だから祈る以外で声を発してはならない。散々言い聞かせられて、話すのが怖《こわ》かったのだと、拙《つたな》いながらに必死に伝える。

「だけど、リオンさまが……私の声が、歌が、わるいものではないと、教えてくれたから……だから、話そうって、勇気を出そうって、思えたの、です。リオンさまの、おかげです。ありがとう、ございます」

「そんな、お礼を言われるほどのことでは……それに、その、声にも力が宿るという話だが、俺としては……本当のことだとはとても思えない」

朱色《しゅいろ》が差す頬をごまかすように、リオンの顔が真剣なものに変わる。

「君とこうして話していても、何も変わりは……いや、あるにはあるが、だがそれは君の声がどうこうとはまったく関係がない」

きっぱりと――というには言い淀《よど》んでいる部分もあったが、それでもはっきりと否定すると、リオンは「それに」と続けた。

「これまでの聖女の記録を読んだことがあるのだが……祈りを道具にこめたり、はるか遠くを見る者がいたりと、聖女の力は千差万別《せんさばんべつ》ではあったし、発動条件も多岐《たき》に渡《わた》ったが、生活に支障が出るような力を持つ者はいなかった。だからおそらく、君の力は声ではなく、歌に宿っているのだと思う。もしかしたら……声にも宿ると言い聞かせることによって、助けを求めることすら封《ふう》じたのかもしれない」

憶測《おくそく》であるはずなのに、確信めいたものを感じさせる声で言うリオンの顔は不快そうに歪《ゆが》んでいて、教会に憤っているのが伝わってきた。

(私のために、怒《おこ》ってくれているんだよね)

胸の奥《おく》からこみあげてくる感情。少しだけ息苦しくて、だけど温かくなる。

ぬるま湯を揺蕩《たゆた》うような心地《ここち》で、アリシアはふわりと微笑んだ。

「……大好き、です」

短いけれどアリシアの気持ちをありったけ詰《つ》めこんだ言葉に、リオンの顔が一気に赤く染まった。


——そして二日後、物資や医師を乗せた馬車が数台と、マティアスが到着《とうちゃく》した。

幸い、聖女の力を求められるような怪我人《けがにん》が出ることはなく、あれからずっとアリシアは布を洗ったりしぼったりし続けた。

最初は聖女さまにそのようなことさせられないと渋《しぶ》られたが、どうしてもしたいのだとアリシアが頑《かたく》なな態度を見せ、何故《なぜ》だかリオンもこれまでにないほどのやる気を見せていた。

しかも、人手は多いほうがいいからとヴァリスとカミラまで巻きこんだ。

おかげで、と言っていいのかはわからないが、王族ふたりが救助を手伝っているのだから、聖女が布を絞《しぼ》るぐらいなんてことないのでは、と思ってくれたのだろう。

アリシアが布を洗っていても何も言われなくなった。

「お疲れ様《さま》です」

二日間めいっぱい働いたので、マティアスが到着したときには疲労困憊《ひろうこんぱい》だ。

アリシアだけでなく、ほかの人も疲れ切った顔をしている。

そんな彼らの様子を見て、マティアスは深々と頭を下げたあと、村の代表として前に立っている男性のほうを向いた。

「急場をしのげるよう、ひとまず今すぐに用意できるものをお持ちしました。用意が整い次第《しだい》、追加で運びこみますので、今しばらく辛抱いただけますか？」

「あ、ああ、それはもちろん。むしろ、こんなによくしていただいて……ありがとうございます」

男性が恐縮《きょうしゅく》しきった様子でぺこぺこと頭を下げ、それから二言三言交わすと、マティアスの目がヴァリスとカミラに向いた。

「馬車をご用意いたしました。ヴァリス殿下《でんか》と……そちらの女性は同じ馬車に乗っていただきます。騎士《きし》が同席しますが、ご了承《りようしよう》ください」

「……ああ、わかっている」

ヴァリスは苦虫を噛み潰《つぶ》したような顔で頷《うなず》く。

そちらの女性と呼ばれたカミラは居心地《いごこち》が悪そうに視線をさまよわせているが、逃《に》げたり抵抗《ていこう》したりする気はないようで、されるがままを受け入れている。

そうしてふたりが騎士に連れられながら馬車に乗るのを見送ると、マティアスは続いてリオンとアリシアに馬車に乗るように促《うなが》した。

「いや、少し待ってほしい」

だけどリオンはそれに頷くことなく、見送りに来た人たちに向き直った。

「みなにひとつ、頼みたいことがある。聖女が現れたことは黙っていてほしい……とまでは言わないが、彼女の見目については沈黙を貫《つらぬ》いてほしい」

ちらりと人々の目がアリシアに向けられる。

その目は疑問に満ちていたが、彼らは何も言わずに頷いた。それが必要なことなら、と。

その反応にほっとしたのか、リオンの顔がわずかに緩《ゆる》む。

だけどすぐに引き締めると、アリシアの手を取って馬車に向けて歩きだした。

(だけど、どうして口止めなんてしたんだろう)

リオンの言葉に疑問を抱《だ》いたのは村人だけではない。アリシアも馬車に乗ると、正面に座《すわ》るリオンを見て小さく首を傾《かし》げた。

アリシアの名前も見た目も教会の人たちは知っている。

それなのにどうして隠《かく》す必要があるのか。隠さないといけないのはどうしてなのか。

疑問の答えを教えてくれたのは、同席したマティアスだった。

「アリシアもそのうち社交界に顔を出すことになる。そのときに聖女であると知られていたら、よからぬことを企《たくら》む者もいるかもしれない。もちろん、手を出させるつもりはないが、万全《ばんぜん》を期すに越《こ》したことはないからね」

だから地盤《じばん》が固まるまでは、聖女の姿形を知る者は少ないほうがいいのだと語るマティアスに、アリシアはなるほどと頷いて返した。

（あの人たちが何も聞かなかったのは、貴族が関わる話だと察したから、かな）

貴族の確執やらなんやらに関わってはろくなことにならないと、経験として知っているのかもしれない。

だから、王族であるリオンの言葉に何も聞くことなく、頷いた。深くを知ろうとはせず、日々を生きる。それがきっと、彼らの処世術なのだろう。

そしてマティアスがアリシアに話してくれたのは、アリシアが彼らとは違《ちが》うから。深くまで知らないといけない世界にこれから足を踏《ふ》み入れるのだと、教えてくれた。

（これからいろいろと、大変そう）

文字や一般《いっぱん》常識を学んでいたこれまでとは違う。それ以上のことを学び、身に付けるために、目が回るほどの忙《いそが》しさを味わうことになりそうだ。

そんな予感に、アリシアはこれからも頑張《がんば》ろうと力強く頷いた。


そうして帰り着いたクロヴィス邸《てい》でアリシアたちを出迎《でむか》えてくれたのは、ローナとリリアン。それからアルフといった見慣れた面々だった。

「アリシア様！　お帰りなさいませ！　お怪我《けが》はありませんか？」

「ご無事で何よりです」

リオンに手をひかれながら馬車を降りると、リリアンが待ち構えていたように駆《か》け寄ってくる。そのうしろではローナが恭《うやうや》しく頭を下げていた。

「王子である俺の心配は誰もしてくれないのか？」

「もしも何かあれば、こちらではなく王城に先に戻られているのではありませんか」

冗談《じょうだん》めかしたリオンの言葉にさらりと返したのはローナ。

彼女は幼い頃《ころ》からクロヴィス邸で働いていて、リオンとの付き合いもそれなりにあるらしい。だからか、こうした何気ないやり取りをすることも珍《めずら》しくはなかった。

アルフは苦い顔をしているが、当人であるリオンがこれといって気にしていないので、口には出さないようだ。

「ああ、そうだ、ローナ。アリシアの淑女《しゆくじよ》教育を急いで進めてくれるかい？　もしかしたら、予定よりも早める必要が出てくるかもしれないからね」

「……かしこまりました」

マティアスの命に、ローナは真剣な顔で頷く。これからの教育の厳しさを感じて、アリシアも思わず顔を引き締めてしまう。

そして何故か、リオンまで決心したように表情を改めている。

「もしも難しそうならいつでも言ってほしい。俺もできる限り教えられるよう努力する」

「王子である殿下が何を教えるつもりですか」

「やれないことはないと思う。貴婦人のふるまいぐらい、頑張れば——」

「無駄《むだ》なことに時間を割《さ》く余裕《よゆう》があるのでしたら、ほかのことに力を注いでください」

呆《あき》れたように言うマティアスに、リオンが不貞腐《ふてくさ》れたようにそっぽを向く。

いつもどおりのやり取りに侍女《じじよ》ふたりは彼らの様子を気に留めることなく、今後の段取りについてああではない、こうではないと意見を交わしている。

本当に、いつもと変わらない温かい光景。いつでも歓迎《かんげい》し受け入れてくれる彼女たちに、アリシアは助けてくれたのがマティアスでよかったと改めて思う。

「あ、あの」

胸の奥からこみあげてくる思いに、声が漏《も》れる。そのとたん、しんと静まり返った。

驚《おどろ》いたように目を見張る四人に、アリシアはこそばゆさを感じてはにかんだ。

「マティアスさま、ローナさま、リリアンさま、アルフさま」

ひとりひとり、これまで呼べなかった名前を呼びながら、ぱちくりと目を瞬《まばた》かせているそれぞれの顔を見る。

胸の奥から感じる温かさにアリシアは笑《え》みを浮かべて、ゆっくりと言葉を紡《つむ》いでいく。

「……みんな、好きです……優しくしてくれて、ありがとう、ございます」

ずっと、直接言えたらどんなにいいだろうと思っていた。だからアリシアは勢いのまま、思ったことを言葉にする。

「ありがとうアリシア。好きだと言ってくれて嬉《うれ》しいよ」

最初に反応したのは、マティアス。相好を崩《くず》しながら言う彼の横では、何故だかリオンが愕然《がくぜん》としたように目を見開いている。

「ア、アリシア。俺は……？」

「大好き、です」

おろおろとうろたえながら言うリオンに頷いて返すと、彼の顔に安堵《あんど》が浮かぶ。

「よし、俺には大がついている」

「何に勝ち誇《ほこ》っているのですか、あなたは」

胸を張るリオンに、呆れた顔をしているマティアス。

「アリシア様！　私も好きですよー！」

「過分なお言葉ありがとうございます」

快活に笑うリリアンに、楚々《そそ》とした態度を崩さないローナ。

「旦那様《だんなさま》、お疲れでしょうから、お茶の用意をしてありますので――」

「アリシア。もしよければ、またそのうち……一緒《いっしょ》に出かけないか？　前には行けなかった場所を次は案内しようと思うのだが……」

己《おのれ》の本分をまっとうするアルフと、ぐっと意を決したように言うリオン。

口々に思い思いのことを言う彼らに頷き返しながら、頬を緩める。

（本当に、みんながいてくれてよかった）

アリシアはもう一度心の中で呟きながら笑みを浮かべるのだった。

エピローグ

EPILOGUE

アリシアがクロヴィス邸に戻ってから二週間が経《た》った頃、裁判が開かれた。

罪人として人々の前に姿を現したのは、かつて聖女として崇められていたカミラ。

一般公開された裁判は人々の興味を引き、貴族も平民も関係なく大勢の人が傍聴《ぼうちょう》しに裁判所に訪《おとず》れた。

カミラの顔を知る者はその罪状――聖女と偽《いつわ》り、王家を謀《はか》った罪にざわめき、顔を知らない者は彼女の美貌に息をのみ、続いて罪の内容に眉《まゆ》をひそめた。

だがそのざわめきは裁判が進むにつれ、静かになっていく。

カミラは自らが天涯孤《てんがいこ》独《どく》の身であったこと、幼き頃から孤児《こじ》として育てられた自分にほかに寄る辺はなく、リーリア教に従うしかなかったのだと悲しげに語った。

「聖女様は心安らかにお過ごしになられているとお聞きしております。王家の方が迎《むか》えに来られた際も、聖女様は望まれていないからと言われ……聖女様を崇め、神に身を捧《ささ》げる方々の言葉をどうして疑えますでしょうか。私は彼らの言葉を信じ、聖女様のお役に立ているのだと喜ばしく思っていたのです」

それなのに、と目を伏《ふ》せる彼女の姿に傍聴人《ぼうちょうにん》は息をのむ。輝く緑色の瞳を縁取《ふちど》る金色のまつげを涙《なみだ》が飾《かざ》り、頬に一筋の跡《あと》が残る。

「まさかあのような非道な行いをしていたなんて……」

震える声は人々の同情心を引き、切ない訴《うった》えは心に強く呼びかけた。

裁判が終わる頃にはカミラに同情を寄せる声が増え、同時にいたいけなふたりの少女――カミラと聖女をいいように使うなんて、と教会を非難する声まで上がりはじめる。

その期を逃《のが》すことなく、王家はリーリア教を断ずる裁判を開いた。

そうして裁判に出廷《しゅってい》してきたのは、アリシアのいた教会の司教。

「聖女の代役を立てたことは認めますが、必要があってのこと。悪《あ》しき思いからではございません」

はるか昔、リーリア教が創立されたばかりの頃。聖女が拉致《らち》される事件が起きた。そのときは難を逃れたが、久しく現れなかった聖女の存在がよからぬ輩《やから》を近づけるかもしれない。

彼はそう語りながら、当時のことを記した書類を机の上に広げた。

「二度と同じことが起きないように、影武者《かげむしゃ》を立てたのです。そして……第二王子殿下を謀ったとされているそうですが、心当たりはございません。第二王子殿下にカミラ様をご紹介《しょうかい》したのも、彼女の美貌を見初《みそ》めてのことだと思ったからこそ」

求めるものを与《あた》えただけで、騙すつもりではなかったという彼の主張に同意する者はほとんどいなかった。当然訴えを起こした王家も納得《なっとく》できるはずがない。

だから王家は司教ではなく、さらにその上の――リーリア教を統《す》べる教皇の召喚《しょうかん》と、犯した罪をつまびらかにするためにリーリア教の内部調査を求めた。

だが二回目の裁判に教皇は影《かげ》すら見せず、代わりに一通の手紙が送られてきた。

『すべては教区を任せていた司教の独断である。こちらが聖女として相まみえたのは件の少女であり、代役だとは夢にも思わなかった。おそらくは、聖女を我《わ》が物として己の立場を強める算段だったのだろう。司教を罰《ばっ》することに異論はなく、件の少女がいた教会を調査することも認めはするが、ほかの地域も調査すると言うのならそれ相応の証拠《しょうこ》を示すように』

要約するとそんな感じの内容に、裁判所にざわめきが起きたが、司教は顔色ひとつ変えなかった。

彼ひとりが責任を負うとなれば、下される罰も民の怒《いか》りも相応のものになる。それでも構わないと、切り捨てられたことを理解しながら覚悟《かくご》を決めていた。

だが王家はそれで終《しま》いにはせず、修道女を証人として召喚した。かつて、アリシアにナイフを向けた修道女を。

「彼女は聖女を殺めようとしておりました。守るのが役目だと言うのなら、どうして聖女を害そうとしたのですか。悪しき思いがないのであれば、そのような真似《まね》をする必要はないのではありませんか？」

その告発に、修道女は否定することなく「神の思《おぼ》し召《め》しです」と微笑んだ。

それは認めたも同然で、教皇の手紙が読み上げられた以上のざわめきが起きる。

リーリア教から民心が離《はな》れても聖女を敬う気持ちは国全体に残されている。だからこそ、聖女を殺そうとしていたという事実に人々は動揺《どうよう》し、戸惑《とまど》いを見せた。

非難の目を一身に受けた司教は悲しげに目を伏せ、それから静かに首を振《ふ》った。まるで、やましいことは何もないと言うように。

「我々の役目を疑われるとは、嘆《なげ》かわしいことです。我々は一度として、聖女を傷つけようとした覚えはございません。もしも襲《おそ》われそうになったというのなら……それはその者の独断でしょう」

そう言い放った彼に、修道女は最初、何も言わなかった。

聖女とはいえ、立場としてはひとりの人間と変わらない。実際に殺したのならともかく、未遂《みすい》であればそこまで重い刑《けい》を受けることにならないと考えていたのだろう。

数年の懲役《ちょうえき》か、たとえ民心を考慮《こうりょ》して重い刑罰《けいばつ》が科せられたとしても、無期懲役。どちらにせよ、神に祈《いの》り生活することはできる。

だが聖女は今は王家預かりとなっている。王家の賓客《ひんかく》として扱われている相手を傷つけようとした罪は重く、告げられたのは罪を犯した手を切り落としての放逐《ほうちく》。

非人道的だからと今ではほとんど科せられることのない刑に、修道女は信じられないとばかりに目を見開いた。

「ですが、彼女が王家のもとに向かわれたのは、この件が起きたあとのはずです」

そんな修道女の主張は即座《そくざ》に退けられた。

傍聴に来ていた人々もその結論に異論はないようで、修道女は縋《すが》るような目を司教に向けた。

教えに従ったのだから、助かるはず。助けてもらえるはず。そう思っていたのだろう。

だけど司教は修道女を擁護《ようご》することはなく、一切顧《いっさいかえり》みることもなかった。そこでようやく、犯した罪が一身に降りかかるとわかったのか、修道女の顔から血の気が失《う》せる。

——そこからは、泥沼《どろぬま》である。修道女は司教に命じられたのだと声高《こわだか》に主張し、司教はありえないと否定し続けた。

互《たが》いに引かず、リーリア教の裁判はまた次回に持ち越されることになり、その傍《かたわ》らで粛々《しゅくしゅく》と進んでいたカミラの裁判だけが終わった。

「——というわけで、カミラは王家主導で行われる慈善《じぜん》活動に参加することになった。……さすがは聖女の代役をしていたことはあると言うべきか、演技派と言うべきか。ここまで民心を集められたら、こちらとしても重い罰を負わせるわけにはいかないからな」

苦笑《くしょう》しながら肩《かた》をすくめるリオンにアリシアは頷いて返す。

リーリア教がどう出てくるかわからないため、アリシアは裁判を傍聴せず、こうしてリオンから報告を受けるだけに留《とど》めていた。

「それに、あの様子ならリーリア教の所業を広めるのにも一役買ってくれそうだ」

慈善活動という名目ではあるが、実際には各地で人々に接し、偽者《にせもの》の聖女がいたことを知らしめる役割を担《にな》うことになるらしい。

(たしかに……適任かも)

カミラと過ごしたのはほんの数日だけだが、救助にあたる姿は慈愛《じあい》に溢《あふ》れていて、傷ついた人を見れば胸を痛めたように顔を歪ませるのを何度も目にした。

同じように各地で慈善活動を行えば、よりいっそうの同情が彼女に集まり——リーリア教に対する反発心が生まれるだろう。

うんうんと納得するアリシアに、リオンが申し訳なさそうな目を向ける。

「アリシアが関係していることだから、本当は君も見に来るべきだとは思うのだが……」

傍聴に行かないほうがいいと決めたのは、リオンだけではない。アリシアを気にかけてくれている人たちと、何故《なぜ》かリオンの護衛である騎士を交えて行くか行かないかを話し合い、その結果クロヴィス邸に留まることになった。

そのことにアリシアも異論はない。

何しろ、アリシアの日々は勉学で埋め尽《つ》くされている。

作法はもちろん、立ち姿や歩き方。そしてマティアスが芸術に傾倒《けいとう》しているという噂《うわさ》があるため、話を振られる可能性が高いからとそちら方面の知識も学んでいる最中だ。

裁判を傍聴しに行っていたら、それだけ勉強が遅《おく》れてしまう。

（乗馬も学びたいし……時間がいくらあっても足りないから、大丈夫《だいじょうぶ》）

アリシアがふるりと首を振ると、少しだけ安心したようにリオンの顔がほころんだ。

「それから、ヴァリスのことだが……」

だけどすぐに、和《やわ》らいでいた顔が引き締《し》まり、眉根《まゆね》が寄る。

「実害は出ていないが、騒動《そうどう》を起こしたことには変わらないので、性根《しょうこん》を叩《たた》きなおすために一年ほど騎士団《きしだん》で鍛《きた》えなおすことが正式に決まった」

ヴァリスの処遇《しょぐう》についてリオンは何も口出しせず、すべて王と政務官たちに任せること
にして、成り行きを見守っていた。

以前口を出してヴァリスに恨《うら》まれることになったのが、彼《かれ》なりに堪えたのだろう。

（今度は兄弟仲良くできるといいね）

罰が重いのか軽いのかはわからないが、これですべて清算し、これからは穏《おだ》やかに――

とまではいかなくても、憎《にく》み合うことなく過ごしてほしい。

そう思いながら頷くと、リオンの顔に苦笑が浮《う》かぶ。

いろいろと思うところがあるのだろう。だけど彼はそれを口にすることなく、次の話題
に移った。

「それから……これは伝えるべきだと思うから話すが……教皇から手紙が届いた」

届いた手紙は、裁判で読み上げられたものとは違い、王家に直接届けられたらしい。

リオンの苦々しそうな顔からすると、快い内容ではなかったようだ。

「今後は大聖堂で適切な環境《かんきょう》を整え、聖女が安らげるように尽力《じんりょく》する。なので聖女を返す
ように、と。……まったく、厚かましいにもほどがある」

アリシアは今、王家に保護されていることになっている。クロヴィス邸にいて、マティ

アスの子供になっていることをリーリア教の人は知らない。

だから、王家に手紙を出したのだろう。

(王様は、偉《えら》い人……それなのにそこまで堂々としてるなんて……)

王家に、ということは王様に送ったも同然。

それなのに悪びれる様子がないということは、自らを王よりも上だと思っているのか、それとも悪いことをしたとは微塵《みじん》も思っていないのか。

どちらにせよ、教皇がろくな人物でないことは明らかだ。

「もちろん、従うつもりはないから安心してほしい」

力強く言うリオンにアリシアも頷いて返す。

「私も……戻《もど》りたくは、ありません」

ゆっくりと紡がれたアリシアの言葉に、リオンの顔に笑みが浮かぶ。

彼はアリシアが何か言うたび、嬉しそうな顔をする。内容に関わらず、ただアリシアの声が聞けて嬉しいというように。

そのたびに嬉しくもあり、むずがゆくもある。

アリシアははにかんでから、ぎゅっと唇《くちびる》を引き結んだ。

(私は、ずっとここにいたい。この人たちと一緒にいたい)

教会だろうと大聖堂だろうと、そこにアリシアの居場所はない。たとえ無理やり連れ戻されてもリーリア教の人たちのために働こうとは思えない。

優しくて温かい人たちがいるここが、アリシアの居場所だ。

（それに、人魚姫《にんぎょひめ》はもういない）

リーリア教が作り上げた人魚姫《アリシア》は消えてなくなった。泡《あわ》にはならず、どこにでも自由に行ける足と、思いのままに発することのできる声を手に入れて。

「それでは俺《おれ》はそろそろ行くが……またすぐに戻ってくるから待っててくれるか？」

優しい声色《こわいろ》で言う彼に、もちろんだと頷いて返す。

そうしてリオンが去り、ひとりになった部屋で、アリシアはソファに体を沈《しず》めながら、幸せを噛《か》み締める。

教会にいた頃は、一日数十分の散歩だけが楽しみで、誰《だれ》かと話すことはほとんどなく、誰かを待つこともなかった。

だけど今はそうではない。

いろいろなことを学び、これまで知らなかったことを知り、幸せを感じることができた。

だから大切な人たちが同じように幸せであることを祈って、ゆっくりと音を紡ぐ。

そうして奏《かな》でられた歌は消えることなく、天高く上っていった。

◆◆◆

山中にある大きな建物の奥深《おくふか》く、窓のない部屋に、重々しいため息が響《ひび》く。広々とした室内を飾るのは、豪奢《ごうしゃ》な長椅子《ながいす》と机。そして机に置かれた燭台《しょくだい》だけ。

ほかにはちりひとつない部屋の中で、長椅子に横たわっていた男性は一枚の手紙を眺《なが》めて、もう一度大きなため息を吐《は》き出した。

「ああ、まったく。哀《あわ》れなものだ」

零《こぼ》れた言葉は心の底からのもの。王家から送られてきた手紙は、この建物——大聖堂の主であり、教皇と呼ばれる彼にとって、あまりにも信じがたく、嘆かわしいものだった。

緩慢《かんまん》な動きで彼が身を起こすと、それに合わせて長椅子に広がっていた長い髪《かみ》がさらりと流れる。彼は顔にかかる髪をかきあげながら、憂《うれ》えるように目を細めた。

「我々が聖女を保護し、正しく導くべきだということがわからないのか」

それが、設立してからずっと掲《かか》げられていた教義。聖女の力は神からの授《さず》かりものであり、それを悪用しようとする輩が現れないように保護し、悪用されないように導くのだと神に誓《ちか》っている。

それなのに王家は、こちらに任せておけない、信用できないから調べるとまで言ってきた。

「それに彼も……信頼《しんらい》し、教区を任せていたというのに」

王都に一番近い教区。貴族の信仰心《しんこうしん》を集めるためには重要な拠点《きょてん》だ。だからそこに聖女を預けていたというのに、こちらの判断を仰《あお》ぐこともせず王家との縁《えん》を繋ごうとした。

しかもそれだけでなく、聖女を殺めようとするとは。彼は報告を聞いたときと同じ苛立《いらだ》ちを感じて、深く息を吐き出す。

司教に腹が立っているのは彼も同じで、そういう意味では志を共にしていると言ってもいいかもしれない。

だから、正面から反発するのではなく、証拠を用意するようにと言うだけに留めた。

「こちらの気も知らず聖女を手元に置こうとするとは……嘆かわしい」

彼が嘆いているのは、王家が聖女の返還《へんかん》を認めなかったからだ。ほかのことは我慢《がまん》できるが、さすがにこればかりは許せることではない。

聖女がいるべき場所は定められているというのに、どうして王家が決めることができるのか。神をも恐《おそ》れぬ行いを嘆き悲《かな》しみ怒り、哀れんだ。

「神から与えられた役目を軽視するような相手に、聖女を任せるわけにはいかないな。やはり、返してもらうとしよう」

渦巻《うずま》く感情を表すように、手の中にある手紙を握《にぎ》りつぶす。それを見つめる瞳《ひとみ》にはなんの感情も浮かばせずに。

あとがき

AFTERWORD

はじめまして、木崎優と申します。

この度は『虐げられた歌姫聖女、かつて助けた王子様に溺愛されています』をお手にとっていただきありがとうございます。

本作を書くにあたってモチーフとさせていただいたのは『人魚姫』。

人魚姫は最後、泡となり風の精霊となって人々に幸せを運ぶことになり、人魚姫を書くにあたって影響されたという作品『ウンディーネ』の精霊は、水の中に帰り最後には愛する者の命を奪います。

そして本作の主人公であるアリシアは人魚でもなければ精霊でもなく、また違った結末を迎えることとなります。

聖女でありながら虐げられていたアリシアが、人の優しさに触れ、幸せを手に入れる。

そんな本作の書籍化にあたり、多くの方々にお力をいただきました。

ご尽力くださったホビージャパンノベルス様、優しく丁寧な対応とご助力をいただいた担当者様。

そして、美麗なイラストを描いてくださった春野薫久様。とても可愛らしく格好よく描いていただき、誠にありがとうございます。

皆様の温かいサポートと助言がなければ、この物語は今日のような輝かしい日を迎えることはできませんでした。関わってくださったすべての方々に感謝いたします。

最後に、「小説家になろう」様で応援してくださった読者様、そしてこの物語を手にとってくださった皆様に心からお礼申し上げます。

少しでも楽しいと思っていただけましたら、こんなに嬉しいことはありません。

今までと、そしてこれから出会う方々にありがとうございます。

次巻予告

再び歌えるようになった聖女・アリシア。
リオンとの恋を育む中、彼女を手放したくない教会の影が迫りくる。
悩むアリシアが下した初めての決断とは――

二人の未来が
大きく変わる第②巻

2024年発売予定。

次巻予告

セルヴェスに迎えられアゼンダ辺境伯領へ移住したマグノリア。
さっそく新天地の情報を集めようとクルースの港町へ出かけた彼女は、
クロードと共に楽しいひと時を過ごす。
しかし、そんなクルースでは原因不明の病が発生!?
クロードから病の詳細を聞いたマグノリアはその症状にピンときて――
持ち前の雑学知識から解決法を模索するマグノリアは
人々を救うべく再び港町へ出向く!!

港町を襲う原因不明の病を
美味しく(!?)治す第2巻
2024年4月発売予定!

転生アラサー女子の異世改活
政略結婚は嫌なので、
雑学知識で
楽しい改革ライフを決行しちゃいます！
2

コミカライズ版
ブチ切れ令嬢は報復を誓いました。
―魔導書の力で祖国を叩き潰します―
漫画 おおのいも
原作 はぐれメタボ
キャラクター原案 昌末
HJ COMICS
コミックス
1~3巻
大好評発売中!!
『コミックファイア』にて
大好評連載中!!
https://firecross.jp/comic

次巻予告
雷龍の角を武器に加工するため
エリーはドワーフの街へ！
大逆転
復讐ざまぁファンタジー、
第6弾!!
ブチ切れ令嬢は報復を誓いました。
The Furious Princess Decided to Take Revenge
―魔導書の力で祖国を叩き潰します―
6
2024年発売予定!!

HJ NOVELS
HJN84-01

虐げられた歌姫聖女、かつて助けた王子様に溺愛されています 1

2024年4月19日　初版発行

著者――木崎優

発行者―松下大介
発行所―株式会社ホビージャパン
〒151-0053
東京都渋谷区代々木2-15-8
電話　03(5304)7604（編集）
　　　03(5304)9112（営業）
印刷所――大日本印刷株式会社
装丁―― AFTERGLOW／株式会社エストール

Printed in Japan
ISBN978-4-7986-3510-1　C0076

ファンレター、作品のご感想お待ちしております
〒151－0053　東京都渋谷区代々木2－15－8
(株)ホビージャパン HJノベルス編集部 気付
木崎優 先生／春野薫久 先生